作品和時空的關聯性

——《變調的喇叭》再度重排小記

翻閱書中三十多篇作品，便憶起當時寫作、投稿情景。在五〇—六〇年代，本人只是一個愛好寫作者投稿人，不認識各報副刊主編，其中最特別的是《中華副刊》主編林適存（南郭）先生，他隔一段時日，便用簡短的文字。如

文甫兄，再來一個短篇佳作吧！

這簡單的一句話，在作者心目中，有無限的鼓舞寫作的動力，所以，本書中以《中華副刊》發表的篇章最多。

當時，歐美正流行「小小說」，因為「小小說」要在簡短的篇章裡，具體而微地用少數人物，表現整個故事中的情節、衝突、高潮……以及作者需要表現的主題，比長篇大論的長篇小說要嚴謹、簡潔，因為當時的報紙副刊篇幅有限，愛刊「小小說」，本書的篇章，就表現了當時編者和作者的心態。

細看書中各篇作品，沒有點明時間、地點，局限某某地區的某某人物。換句話

說，這本小說中的人物在不同的時空中所發生的情景，在任何時地均可能發生。

不論長篇小說或短篇小說，我都截取人生橫切面：在某一個時間，寫出某些人物的恩怨情愁。因為小說不是「傳記」，寫主人翁的生長、求學、戀愛……只是寫他精采的片段人生。

當然，小說的人物是想像的、虛幻的，但和寫作時的大時代有密切的關聯性。譬如書中一篇〈假如電影院像教室一樣〉，是因為當時國民小學畢業生，參加初中聯考時，台北市的聯招會國文科的命題作文是：「假如電影院像教室一樣」，各界譁然（當時還沒有六年國教，更沒有九年國教），我便以此為題，寫了一篇「假如電影院像教室一樣」小說一篇，發表在《聯合報副刊》上，讓參加聯考的小學生及老師和家長一些啓迪。從這裡可以說明作品和時代的關聯性。

本書曾由「源成文化圖書供應社」出版，收回版權由九歌以三十二開版面印行，現再重行編入「蔡文甫作品系列」，並加入王玉琴女士在「蔡文甫創作研討會」中論文〈蔡文甫小說的美學特徵〉，研討會中曾討論個人的全部小說，王副教授特以「美學特徵」為考察中心，特載此文，供讀友參考，並向王玉琴女士致謝忱。

蔡文甫　民國一〇一年十一月

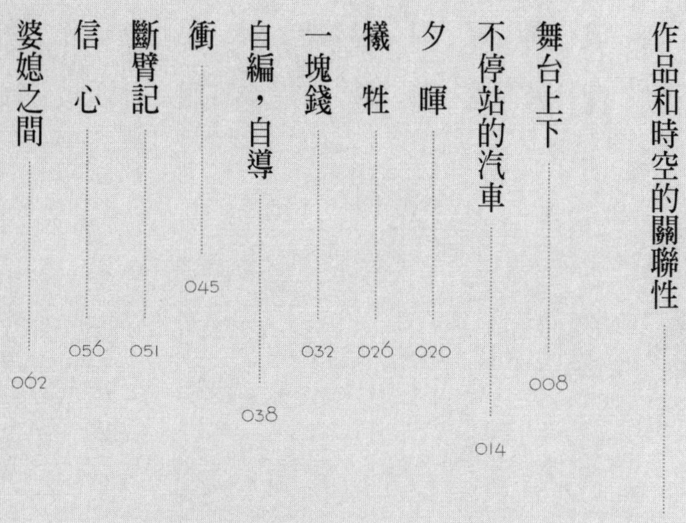

目錄

舞台上下

麥克風播出：「王玉蕾同學，向老師獻花。」

七歲的王玉蕾，頭頂繫大紅蝴蝶結，面頰塗胭脂，穿緋紅色背心，兩臂赤裸。白玻璃紗舞裙，蓬鬆張大，像孔雀開屏。

她從紫紅色幃幕旁走出，雙手提一籃鮮豔的花，向走在幃幕前的老師——曙光芭蕾舞研究所的老師一鞠躬；老師伸手接過花籃，她又彎腰鞠躬。台下觀眾「劈劈啪啪」鼓掌，讚賞她的動作熟練，態度大方。旋身面向觀眾，屈左膝，右腿向後伸，兩臂外張，行答謝禮，然後在轟動的掌聲中退進幕後。

王大媽立刻將淺藍的太空裝裹在她身上，抱起了她，自己的嘴唇，壓緊她面頰。

「小蕾，冷不冷？」王大媽把她圍在自己的大衣內。

「不冷。」

「怕不怕？」

「我才不怕哩！」小蕾上嘴唇噘得很高，說：「老師都教過了呀！」

表演的舞蹈節目開始，唱片送出輕快、和諧的音樂。一組一組的女孩陸續出場表演，後台的許多老師，為大家化妝；集合每組的人，告訴她們出場的位置……人又多、又擠、又亂、又吵，像熱鬧節日的菜市場。

王大媽被擠塞在出場的牆角，緊挨在捲起的幃幕旁。她真想把小蕾放在這兒，交給老師，她自己到台前的觀眾席上。那兒有她的座位，她十歲的男孩明德，和四歲的小芬都坐在那裡。但她不放心小蕾一個人在台上；而且她表演的節目馬上就要開始，表演完，她們就可安心坐在台下欣賞了。

她左手把捲摺在圓柱旁的帷幕，鑽出一條縫，左眼從空隙中看出去。明德張大眼睛瞪著台上的表演，小芬不在她身旁的座位上。猛一驚嚇，擔心她亂跑；小芬有點不舒服，還沒退燒哩！

眼睛一瞬，放心了。小芬坐在爸爸的膝上，雙手撫弄著一隻新洋娃娃。她想，這一定是她爸爸剛買給她的。

他說，他絕不會來這兒，為什麼又來了。她看到他就有氣，連忙把手縮回，幃幕又貼定在圓柱旁。

「媽，」小蕾扭轉上身，低頭看著母親的眼睛，「表演完，媽就去買皮鞋——買新皮鞋給我穿，好不好？」

「好，不要吵。」媽媽附在她耳旁輕聲說。「好好表演，表演得好，就有新皮鞋。」

說完就感到後悔，她不該騙小蕾。父母是不該騙子女的。她哪裡有錢去買皮鞋給她呢？小蕾參加這次舞展，把她的積蓄已用光了。小蕾是個孩子，她不懂得這次表演要花多少錢，服裝費就花光她父親的年終獎金。還要義務推銷入場券，她當然沒有辦法推銷，只有把認定的票全部買下，送給親友；這樣，她的負擔就很重了。她相信丈夫今天和她吵架，就是為了錢。不然，他不會那樣氣憤，凡事他都依順著她呢！

本來，今天她提早吃晚飯，飯後，預備和小蕾先來化妝；要他陪著明德和小芬。但他立刻拒絕了。他要送小芬去醫院看病，不能讓小芬長時的發燒下去。這理由很對，沒有辦法駁他，不過她討厭他那種說話時的語氣和腔調。

「哼，跳芭蕾舞！」他說，筷子一推，從飯桌旁站起，「為什麼要跳？是不是因為妳的腳不能——」他愣了一下，像已看出她的臉由紅轉白，由白轉青。但還順著那語調說下去：「妳就壓迫她跳？」

「壓迫！誰說的？」她順手抓起桌上的一隻細磁金邊的飯碗，用力摜在水泥地上。

「你老早就知道，小蕾喜歡跳，她有跳舞的天才——」

她的眼淚急速滾迸，代替她要說的話。別人打她、罵她都不要緊，她就怕別人提到她的腳。二姊曾用話揶揄她的跛腳，整整三年沒有和二姊說話。今天，他卻不管她的顧忌，用這樣的態度對她，她真不能饒恕他了。過了三年的時間，昨天她才把舞展的入場券送給二姊，不知道二姊來了沒有？

又從幃幕的空隙看出去，找到二姊坐的位置了。在明德身後第三排的座位下，二姊和她的丈夫，還有十歲大的小女兒，他們都來看小蕾表演了。她有一種勝利、驕傲的感覺，她一生所不能實現的事，現由小蕾做了。小蕾用腳尖走路，用腳尖跳舞，大家都看著小蕾……

「明天要爸爸陪我，我要去兒童樂園，」小蕾在她懷裡扭動著說。「我去坐飛機、打鞦韆，好不好？」

「好，好。」她漫口應道。她實在抱不動小蕾了，小蕾挺結實，抱在懷裡沉甸甸的，像塊石頭，她只是一隻腳站著，另一隻腿不能用力，只好虛懸在半空。如不是牆壁支撐著她，無論怎樣也站不到這麼久。

不知是誰喊：「跳『百合花開』的小朋友，準備出場。」

「媽，我要去了。」小蕾右手拍著媽媽的肩頭。

媽媽一彎腰，小蕾摔脫太空裝，鑽進一群孩子當中，老師已在指揮她們了。

緊抱著太空裝，像小蕾仍在自己的懷裡。有一種温馨、幸福的暖流，在腹中汩動。小蕾真的出場跳舞了，將有許多觀衆，包括她的親友，都在熱烈的鼓掌、叫好。最惹人注目的，將是她——她的女兒小蕾啊！

大家都鼓掌，小蕾的爸爸將怎樣呢？他還賭氣，咬著下嘴唇，手塞在褲旁插袋，聳肩呆呆地看著小蕾？

她鑽進幃幕，讓幕布緊裹著她。兩隻眼睛露在外面，盯著觀衆。場內光線很暗，但明德父子坐在前排，她還可以看到他們。明德拉著父親的衣袖，指著樓角射在表演台上流動的翠綠燈光，發出驚異的表情，他父親歪轉頭低低的和他談些什麼。

父親的話說完了，把左手臂撐在前面座位的靠椅上。她看到他那又破、又髒，滿是油膩的袖口了。這上身是他們結婚禮服，十年了，長褲早已磨破，只剩這件上裝。她老是想替他換件新的，但錢總剩不下來。小孩的奶粉、醫藥費，小蕾學舞的學費、舞鞋、跳舞的服裝……如果把小蕾這身舞裝節省下來，就可替他買一件上衣了。

「胡說八道！」她對自己說，「怎能叫小蕾赤身跳舞？」她奇怪自己有這種想法。小蕾一定要跳舞，而跳舞一定要有服裝，這錢是萬萬省不下來的。

她丈夫嘴角掀起笑意，並告訴明德什麼；明德不注意閃爍的燈光，也看往台上。她把幃幕向後一拉，抱緊些，側轉臉，見小蕾上場了。

這是十六人一組的芭蕾舞，演員由兩邊，挨次縱跳入場，聚匯在一起，成含苞的百合花形。陽光普照，萬物甦醒，百合花開放了：每個演員舒展身手，生命力在台上奔放。在預演時，她就看過，現在已完全了解小蕾將怎樣表演，有怎樣的舞姿了。

這時衆人均蟄伏在台上，唯有小蕾在台上蹦跳。她演的是花蕊。她直立起兩腳的腳尖，挑起雙臂前進、迴旋、後退……左腿彎成三角形，傍著右小腿，獨腳直立旋轉、旋轉、旋轉……

她連忙看向台下的丈夫。他正凝視在台上，嘴唇微微張開，雙手的手指，交錯著並立在前面靠椅上，像緊張萬分的樣子；接著張開嘴，大聲喊好，又鼓掌了。明德也在鼓掌。全場轟起叫「好」聲、鼓掌聲，但她彷彿只聽到她丈夫的掌聲和吼聲。覺得在台上表演迴旋的不是小蕾而是自己——她已獲得滿足了。

幕閉後，小蕾向她身旁跑來。她左腳尖落地顛躓著迎上去，又抱起小蕾，附在她耳旁說：「到爸爸那兒去。」

她興奮地走向後台的短梯，覺得跛了十五年的左腳，今天復原了。但她急於想見到小蕾的爸爸，要立刻告訴他：「從此以後，不要叫小蕾學舞了。」

——原載《中華副刊》

不停站的汽車

頂頭紗、戴后冠、穿白色禮服的新娘龔培靈，坐在紅綠布纏起的禮車上，直愣愣望著擋風玻璃前面滑油油的街道、行人、車輛，以及花花綠綠的店鋪。

新郎潘杰坐在右旁，抓住她戴有白色尼龍手套的右手。

汽車喇叭輕輕嘟嚕，車身戰慄。轉過彎，現出光輝閃爍的法院。

他們已在照相館拍了八組紀念照片，現在正駛赴法院，參加公證結婚。

車子接近法院前面的廣場，速度平緩下來，但新郎的右臂揮了一下，「不要停，向前開，一直向前開！」

龔培靈心尖哆嗦，全身感到一震。司機左手撐方向盤，也扭轉頸子，把驚訝和疑惑鍍在黧黑的方臉上。

「時間還沒到，順著街道兜圈子。」潘杰加了補充說明，再把嘴唇靠近她耳邊，像不願意被司機聽到。「這是最後的機會，如果妳不願意，請妳現在說，我不勉強妳。」

她覺得心中最軟的地方，像被他捏了一把，霎時淚水滲滿眼眶。新娘抽回右手，摸摸胸前藏著的方形硬紙塊，仍然挺立在內衣貼肉的地方。她在心中盤算了很久的話，還

沒有說出口；卻被潘杰搶先說了。

現在，她用不著掉頭，就可以知道媽媽、妹妹們坐的那輛車子，也跟隨在禮車後面兜圈子——媽媽覺得很高興了，是吧？

媽媽始終反對她和潘杰交往，更極力反對她和姓潘的走上公證法庭。照完相，媽媽攙扶她膀臂上汽車，還鄭重地告訴她：「培靈，婚姻不是兒戲。妳不應該嫁給妳不喜歡的人，妳將來一定會後悔的，不如現在——」

沒有聽完媽媽的嘮叨，目光便被站在車旁拉著車門的潘杰吸引。他筆挺、英俊，像一座塑像，如一直保持這個不動的姿勢，該是多麼美好；但他一舉步就拐呀拐的，搖呀搖地像背一袋米的吃力。

他是個瘸子！看哪！瘸子來了！瘸子走路多好玩啊！

媽媽失望地，把她的身體連同禮服塞進偪窄的車座。視線掠過環繞在車外灰黯的許多面龐，見大家都注視新郎蹺著一隻僵硬的義肢，吃力地跨進車廂。

汽車已把法院的廣場，抖落在車後。新郎的門牙，緊咬著下嘴唇，像關閉滿肚子的煎熬。

她斜過身子面對著他。「你為什麼要說這樣的話？」

「我一直不相信，像妳這樣漂亮的女孩會嫁給我；會和我走上公證法庭。」

車子以懶洋洋的速度在霉灰的路上滑行著。媽媽一定認為她是接受母親的話，臨時

改變了主意；怎會想到是新郎主動的提出這樣要求。

「假如不上法庭，」她思索著。「我們要去什麼地方？」

「送妳回家。」

車前的擋風玻璃，蒙上一層乳色薄霧。新娘覺得有鐵槌在敲擊自己額角。這是她預期的「結婚延期」，為什麼從潘杰嘴裡說出來，卻有如此的感受？媽媽一定會埋怨她、詛咒她，不相信母親的話，才會遭受到第二次的「婚變」。

第一次婚變的對象不是他，而是她以前服務的百貨店裡小老闆陳汝定。

陳汝定年輕，家裡有錢，長得體體面面。成天釘住她，纏繞著她。到她家中，媽媽也巴結他，認為是理想的金龜婿，慫恿她抓緊抓牢，不要放鬆。

她聽媽媽的話，也聽陳汝定的話。從城裡到鄉下，從白天到夜晚，他們絞纏在一起。陳汝定送衣料、送項鍊給她。為她買皮包、高跟鞋、化妝品，像願意摘下天上的星星奉獻給她。

她陶醉在愛的王國，全身浸滿了幸福。認為他會娶她，她也會嫁他。陳汝定的身體緊緊壓住她，眼睛瞪得很圓，喘急地說：妳在我店裡服務，我怎能騙妳？她放棄掙扎的意圖，相信他的話，接受命運的支配。

可是，當陳汝定把她從牀上扶起，她就感覺到整個世界變了。她失去了少女的那份新鮮，陳汝定的心也變了。

最後，希望用婚姻把對她冷淡的陳汝定拴住。但在訂婚的前一天，送來一張紙條，那是訂婚延期——無限期的展延下去；無數的親友，都知道龔培靈被人遺棄的醜聞。現在，又要重演一次丟臉的事……？

新郎正愣愣地注視她，像要知道她內心想些什麼。從外表真能看出她內心所想的？她要報復，豈是他所能想得到的？

她說：「我回家了，在法院等你的那些親友怎麼辦？」

「沒有人等我。我只通知一個同學和一個朋友做證人，他們了解我的心境，我去不去都是一樣。」

看樣子，他的計畫比她想得周到。潘杰的左腿，是車禍時被壓斷的，儘管裝了義肢，行動時仍顯得難看而可笑。但他的頭腦很健全。她不到陳家百貨店上班，便被介紹到保險公司當職員，而潘杰就是她的上司，直接管她的業務處長。

汽車已畫了三個大圓弧，第四次滑到法院廣場前的公路上，新郎仍急躁地說：「不要停，繼續兜圈子！」

好吧！看它兜圈子到何時？他嘴裡這樣說，心裡未必不是想她乖乖的走上法庭，在法律的面前成為夫妻。平時，潘杰一直是小心翼翼的跟她說話，眼睛察看她的神色，不像陳汝定那樣趾高氣揚，有一種自負的不可一世的態度。她之所以答應嫁給他，就是憐憫他有一隻受傷的左腿——

新娘的視線從擋風玻璃撤回，灑在新郎發皺的面龐上。「你很重視那條……那條義肢？」

「應該説妳很重視。」潘杰搖搖頭。「那已成了我的一部分，我已不能離開它生存，但當妳的目光射向它時，我真想摔掉它或是踢掉它！」

看到潘杰雙手抱住頭沉思，龔培靈胸中有股劇烈的浪潮，在沖擊、晃盪，每當他站在自己面前，她再三警告自己：不要看他的腿和腳，只能看他紅潤的面頰，寬厚的肩頭。失敗了，她一次又一次的注視那歪歪斜斜不規則的腳，和走動時那種擺呀擺的罵人式姿態。

潘杰告訴她的話沒有錯，他已完全失去信心，再不能經受任何打擊。她選定他作為報復的對象，該算是一個失策。是她主動暗示他、鼓勵他，他才有勇氣向她求婚。潘杰怎會想到：她的動機是那樣的險惡，要他替陳汝定背十字架？

新郎臉上也升起一層薄霧，迷迷濛濛。「我覺得配不上妳。我和妳在一起，是糟蹋了妳；妳一定會後悔，與其將來——」

她伸出戴有手套的右手搖晃著，阻止他説下去。接著輕撫著他的雙肩。「告訴他，開回法院去。」

「妳已慎重地考慮過我的話？」

點頭，再點頭，龔培靈用力噙住眼眶的淚水，她怎能傷害一個為她設想的人？她原定計畫，是到了法院告訴他：他對於終身大事，沒有信心，要慎重考慮，結婚要延期，無限期的延期，像陳汝定對她所做的一樣。甚至於她想得更壞，在公證的法官問她願不願意嫁給潘杰時（她不知道法院會不會這樣問；但她相信自己總有發表意見的機會），才對大家說：「不願意！」

她曾描摹說出心中想說的話時那種得意和快樂。她彷彿已看到潘杰——該說是陳汝定——聽到她的話，在公證法庭當場暈了過去。她隱約地聽到自己內心勝利的歡呼。然後再在內衣貼肉的地方（她又伸手摸索那摺成方形的硬紙片），拿出對男人報復的宣言，朗誦給潘杰、陳汝定以及……這種殘酷的手段，現在是用不著了。

新郎仍困惑地盯著她：「妳是在憐憫我？」

「不。」她咬了咬嘴唇，使每個字都深沉有力。「你沒有值得憐憫的地方。你的一切就是潘杰，你應該恢復你的自信！潘杰不需要別人憐憫。」

他怔了一下。一股力量顯現在他的面龐，接著大聲喝道：「開回法院！時間到了。」

——原載《公論副刊》

夕暉

夏老爹左手遮著額角，不讓陽光斜射著眼睛。他正遙望遠山的雲景，他希望天邊的雲彩變濃、變黑，一片片的聚簇著；那樣就有下雨的希望。他太需要雨水了。山坳間那三塊多邊形的稻田，龜裂成一條條的大縫，赤腳可以放進去。再不下雨，今年的收成又化成泡影。他已三年沒有播種、插秧了。

可是，天邊的雲仍然是那種輕浮的粉色、青灰色，沒有一點點凝重的味道，最起碼今天是不會下雨了。太陽懸在半山，大概這是下午五點左右。他身上沒有錶，家中也沒有鐘。他沒有時間觀念，因為時間對他不重要。他住在深山裡，仍過著「日出而作，日入而息」的生活，早一點、遲一點都不會影響他生活的軌跡。可是今天有點不同。他真想知道現在正確的時刻，是四點三刻還是五點一刻？因為他的兒子寫信告訴他說，他在五點鐘左右，要和他新婚的妻子來山上看父親。他希望能在遠山的路上，先看到兒子和媳婦。他們從城市來到這兒，必須經過那段山路的。

他感到很失望，天不會下雨，兒子媳婦的蹤跡也沒有看到。他放下手掌，兩隻手交握在背後，慢慢踱回磚牆草屋。他想：他們或許沒有走到那段山路；也可能超過了，走進迴旋的山坳，所以他就看不到他們。如果這時有鐘有錶，他就可以確定他們走到什麼地方。和文明社會的人接觸，缺少文明社會的東西，就感到不方便了。

他站在門前兩棵桂樹下，猶豫了一會兒。要老王把那排圍牆式的冬青樹修剪一下嗎？那樣會顯得整齊些、年輕些——他對自己忽然想到「年輕」二字，感到驚異。他已五十六歲，還會年輕？年輕的是下一代了。

這時修剪一定太遲，剪不完兒子和媳婦就會雙雙來到；同時老王也會在背後嘲笑他：為了自己的兒子回來特意整理環境，真是小題大作。那還是算了，一切都是老樣子，他本來就不在乎兒子和媳婦對他有怎樣想法和看法的。

當然，他自己心裡明白，今天早晨他是換了乾淨的衫褲。按照他平時的習慣，身上那套衣服，是要到明天才脱下洗刷。提前一天換洗衣服，老王也睜眼瞪了他半天，像詫異他為什麼會有這反常的舉動？老王到現在還不知道小傑要回來。知道了，也許比他更要興奮。小傑五歲就死了母親，是老王把他撫養大的。

一陣輕風拂過樹梢，山林間滿是嘻嘻惜惜的聲音，一陣蟬鳴跟著高嘯起來。他感到一絲煩悶，便轉身向屋內走去。轉身當兒，他聽到兒子的喊聲：「爸爸，我們回家了。」

他再轉身過去，便見到兒子和媳婦滋潤的面孔，被山光映得通紅。他們手攙手笑嘻嘻地走近他。他先仔細打量兒子一眼，再把目光移在媳婦身上。

他們結婚才三個禮拜。在結婚典禮時，他只大略地看了新娘一個輪廓，根本就沒有看清她的眼睛、鼻子、面龐……如果她單獨來見她，他準認不出是他的兒媳。現在看清她的面目後，覺得她不清秀、不漂亮，配不上小傑。小傑聰明、能幹、英俊……應該有個好的女孩配他——可是，現在他們已經結婚三個禮拜了。婚前他沒有看過她。看過也沒有用。他不想干涉兒子的情感——只要他愛她、喜歡她，就和她結婚。他們不能來山上舉行婚禮，他只有下山去做主婚人。如果不是兒子的終身大事，他實在不想下山的。

「這山路真遠、真難爬！」媳婦說：「爸爸為什麼不下山，和我們住在一道？」夏老爹說：「我住慣了，喜歡山上幽靜。我還捨不得拋棄那塊地——」

「爸！」小傑搶著說：「我剛才看到那三塊田，裂了那麼大的乾縫。爸還是不改種其他的雜糧……？」

「不——」夏老爹拖長「不」的聲音和重量，堅決地搖頭。

「爸既然愛那幾塊地，讓它荒廢著怪可惜。」兒子帶著惋惜的神情。「從我記事起，才收過五季或是六季稻子。如果改種番薯、高粱、黃豆……我不懂還可以種什麼。那樣每年都可以有很好的收成——爸並不是靠田裡的收成生活，只是想看著親自種植的莊稼，慢慢茁長、成熟。為什麼一定要種稻子？」

他笑笑，不願回答。小傑每年看到日久不下雨，就要勸他改種雜糧。他說他見父親為著擔心雨水不調，影響禾苗的生長顯出焦慮的樣子，就感到難過。勸了這麼多年，夏老爹仍是乾著田地等下雨。如果雨水調勻，稻穀豐收；有時接連三四個月不下雨，眼看著禾苗枯萎死去。鄰近的山地，別人都是看著雨水決定種植的種類。唯有他固執不變，每年都種植稻穀。小傑知道他的個性，但每年都要勸他。今天好像有一點新見解，像是懂得父親的用意了。

夏老爹問自己：小傑真懂得父親的想法？小傑長大了。結婚，生子，是轉眼間的事。好像剛參加他的畢業典禮，怎會這樣快？畢業典禮在三年前。他真不想下山。可是，他只有這麼個兒子，兒子接受學位，做父親的應該去觀禮。禮堂左右前後，走廊上、甬道上……許許多多方帽子飄來盪去。他心裡漾起一陣暖流，鼻頭酸溜溜的，不知道是想笑還是想哭。那麼多帽子下面的人，其中有一個是他的兒子，他苦心撫育出來的兒子。他沒有得過學位，或者說沒有讀過多少書，可是他的兒子，今天戴起帽子晃來晃去——小傑看見他，走向他。怎麼？小傑目光中有一種遲疑的羞愧的神色。難道他怕在眾多同學面前認這個衣冠不整的父親？或許只是自己的一種錯覺；但他真想拉掉胸前的觀禮證跑回山上。他當然沒有這樣做。那對孩子的心理打擊太大。父母都願為子女犧牲或是忍耐一切的。他靜靜的含著笑容觀禮。他怎能不高興？他只有這麼一個孩子啊！

現在兒子帶著媳婦上山來看他，他當然更高興。但他說不出這高興是什麼味道，他想起了死去的妻。她去世二十年了，有時他像不記得和她在一起生活的情形，甚至於腦中無法浮現她的面貌、形影。當時他會大吃一驚，認為自己已不再愛她、想念她了。但

他會立刻否決這種念頭。因為他實在是非常想念她的。頃刻間，她的一顰、一笑……所有的表情、容貌都回到他的眼前。此刻兒子和媳婦站在他身邊，太太的影子又呈現在腦海裡，是那麼清晰，那麼安詳，好像她又和他們生活在一起了。

他領著他們走進屋內。他想他們一定跑得很累，需要休息了。他說：「小傑！你的房間還是空著，你們可以休息一會兒；然後再叫老王給你們弄吃的——」

小傑看著他妻子一眼，然後再掉頭對父親說：「不要，不要休息，我們馬上就要進城。我們今天希望爸爸能夠下山，和我們住在一道。住在山上，守著這幾塊荒田，真令人不放心，爸爸，下山吧！」

「爸爸下山，還可以保持原來的生活習慣。」媳婦搶著說：「我們已準備了一個房間，讓爸爸自由自在——」

「不——」他仍堅決地搖頭，像拒絕他的田地改種雜糧一樣，他不願意接受他們的意見。

這時老王進來了。老王見到小主人回來比想像的還要高興。他倒茶，打水給他們洗臉，問長問短……老王和他這個孤獨的老人在一起，是不是已感到寂寞了？他永遠記不清老王的年齡是六十二還是六十三？但他覺得老王的外表看起來比他更老。老王沒有任何親人，他們兩個在山上不是過得很快樂？如果下山，老王也會跟著他同去？這個問題用不著他焦慮，他已否決他們的提議。這時他突然感到寂寞起來。他覺得兒子媳婦甚至於老王，都離開他很遠，很遠。他聽不見他們的談笑，看不見他們的容貌——只聽到山林中嘻嘻惜惜的聲音，還有一聲響亮的蟬鳴……

他們很快就下山了。他覺得那是極短的一段時間。在臨別前，小傑仍勸他回城市，勸他把三塊旱田改種雜糧。他覺得年輕人有點囉嗦；但他只是微笑地搖著頭，沒有用堅決的態度表示出來，他不能令下一代失望。

他又看著遠山的那段山路。兒子和媳婦親密地一道走著。但他這時不用手掌遮住額角，因為太陽已落到山背去了。天上的雲彩被晚霞燒得焦黃，一點沒有下雨的意思。他想，那幾塊田只有讓它荒蕪下去了。

——原載《聯合副刊》

犧牲

韋菁是第三次走過這門口了，她停住腳步躊躇一會兒，終於上前敲了門。門前矗立著兩株高大的樹，月光從樹隙中將她的身影斜貼在門上。她細細打量這屋子的外形，臆測屋內人們的生活狀況了。屋內有人走動的聲音，她看出自己的身影在門外抖動著，她說不出自己是畏怯還是興奮？她將走進這陌生的家，馬上就要生活在這家庭中了。

「誰呀？」門開了，一個老婦人的頭從門縫中擠出。韋菁覺得這聲調中有厭煩的意味，像看戲到了最緊張的階段，硬被人拖走似的。

「我是……是韋菁，」她結巴地說。馬上想起對方還不認識自己，接著便解釋道：「我來找吳裕成的。」

這是韋菁的藉口，吳裕成昨晚就和她說過，他今晚遲一點回家，讓他母親獨自和她談談。他母親已答應和她見面了；在以前她連韋菁的名字也不願意聽，事實逼著他母親讓步了。

「噢——」老婦人拖長嗓音，彷彿她是從韋菁胎兒時就認識，中間隔了二十年，突然經人提起回憶到韋菁當年玩耍的樣子。現在她的目光從韋菁的頭頂嚴厲地掠到她的腳上，像要在這一瞥中看清她的一生。韋菁明知在月光下，對方不會將自己看得很清楚，但她仍覺得像是在浴室被人窺見似的，有一種說不出的羞澀感。

屋內的桌椅和牆壁上的一張山水畫，都出現在韋菁的眼中。她靠近桌旁手扶著椅角，這是實體的物件，而不是夢幻了。她內心感到一陣震動，那是她在這最重要的關頭所觸發的。她知道：這將是她的「家」，她將永遠生活在這圈子內了。她此刻忽然對自己懷疑起來，這是自己需要的家？她生活在這家中就會感到美滿和幸福了嗎？此刻她覺得已沒有時間容她考慮到這些問題了。

吳裕成的母親要韋菁坐下，她自己也坐在韋菁的對面。韋菁看出她有一種矯飾的鎮靜和自信，像一個初次上講堂的老師，要使學生確信她是嚴峻的權威人物一樣。

吳裕成的母親，又用詫異的、不懂的目光看著韋菁。韋菁覺得她的目光好像在說：她人長得很美，為什麼會愛上吳裕成，硬要嫁給他呢？據吳裕成告訴韋菁，他的母親認為他的家財和學識都配不上她，所以她才竭力反對吳裕成和她來往的。

韋菁為了避免她火辣辣的目光，便側轉頭裝著巡視屋內的布置。但立刻便發現身後有一個二十多歲的小姐，正在門口猶豫著，是在門後偷窺著她，現在被她發覺了，無法決定是進來，還是退轉回去。韋菁馬上站起，向她微笑點頭。她覺得在陌生場合，禮貌應該周到些。

老婦人也發覺了。「進來吧，」她命令地說。「我替妳們介紹——」

這時，韋菁能夠仔細打量她了。她是一個體形嬌小的人，肌膚很細、很薄，像用嘴可以吹破表皮，肌肉就會綻裂出來，她直覺地感到這女孩子很美。

「這是邱小姐——」

下面的話，韋菁就沒有聽清。她已完全明白了。吳裕成曾經告訴過她，邱梅是他青梅竹馬的朋友，她和他的家是緊鄰，他的母親很喜歡邱梅，已為他們訂婚了，後來經過吳裕成的竭力反對，才解除婚約的。可是她今天又為什麼要留在這裡呢？邱梅是不是知道她要來此地？還是明明知道，特意來看一看她的呢？

韋菁又坐下了，她看到邱梅的臉上表現得很複雜，她無法看出她是冷漠、是怨憤，還是有幾分妬忌。總之這些表情已在她的臉上糅合而為一種深沉的幽靜，有令人憐惜的味兒存在。

邱梅在屋中佇立片刻，便走到茶几旁倒茶，一杯遞給韋菁，另一杯放在老婦人的面前。韋菁非常希望邱梅早點離開，因為她不知道吳裕成的母親要和自己說些什麼；如果當著邱梅的面，她是不願和她談話的。而且她總覺得邱梅在她身旁，她感到氣很急，像有什麼塞在心中一樣。

「妳來這裡，妳的父親和母親都知道嗎？」老婦人清了清喉嚨開始問話了。

「知道的。」韋菁說。

「那麼，」老婦人皺了皺眉，將看自己一雙手的目光，又盯在韋菁的臉上。「他們一定……同意——？」

老婦人沒有再說下去，但韋菁明白她是問她的父母，是不是同意她和吳裕成訂婚、結婚？他們怎會同意呢，誰都知道吳裕成在工廠裡當一個小職員，所拿的薪水，不夠養家，都說他們結婚後不會幸福。但韋菁卻認為婚姻的美滿，是建築在夫妻的情感上，與金錢無關。她是父母的獨生女，所以他們就任她自己作主做一切的事了。

她沒有回答，只是擡起頭來，眼睛對著老婦人笑笑。好像在說：這問題用不著考慮，我已長大到可以作一切決定了。

老婦人並沒有追問，韋菁覺得她已懂得自己的意思，她認為吳裕成已將她的想法告訴過他的母親了。

「妳相信裕成一定愛妳嗎？」沉默了片刻，他母親冷冷地問。

「當然。」韋菁答，她心中感到愉快了，為什麼她要問這樣的話呢？難道她還不信任自己的兒子？

「以前，她也是這樣說法的。」老婦人向邱梅努嘴。她的眼睛跟著移過去，只見邱梅臉上顯出悲哀的神色。韋菁茫然地感到是她留給邱梅的痛苦，如果不是自己插在中間，裕成便不會和她解除婚約。她真希望自己能夠幫助她。

可是，他的母親為什麼要告訴她這樣的話呢？難道是暗示裕成的愛情不專一？她知

道：儘管裕成和邱梅解除婚約，他的母親仍喜歡邱梅；說這樣的話，是要她認清裕成的性格，要她放棄對他的感情？

「是的，她一定是這樣想法了。」韋菁肯定的告訴自己。「但我為什麼要聽她的話呢？」她對一切都是任性的，她和吳裕成的戀愛，也是從別人手中奪過來的。當然，她自己更明白，她父親是廠長，而她和吳裕成都在自家的廠裡做事，她是占了不少便宜的。現在他的母親既然這樣說，似在指出吳裕成並不真正愛她，只是為了某一種目的，才願意和她親近的。不然，她就不會捨棄以往的愛人。

有了這種想法後，韋菁幾乎無法再待下去。她希望老婦人對她已了解清楚，不要再問她什麼話了，讓她有時間來慎重考慮自己的決定。

這時，門被推開，吳裕成擠進來。他進門向韋菁微笑著，似乎在說：妳們談得好嗎？他側轉頭便見到邱梅了，發笑的臉色停滯了一下，像很詫異似的；但隨即恢復笑容，向邱梅點頭。

他站著脫去上衣，邱梅向前兩步，伸手去接；吳裕成愣了一下。韋菁看出他們以往都是這樣的，今天有了她在身旁，他就感到不方便了。結果，還是邱梅接過去掛在牆上。

韋菁心中感到一陣劇烈的痛楚，她覺得邱梅在他們家中已溶鑄為一體了。按理說，她已被解除婚約，今天不應再留在此處，而她能在如此的環境下待著，她一定還沒有失去對吳裕成的最後希望。

韋菁僵直地站起身來，大家都懂得那是要走的意思，都跟著立起。

「為什麼不多坐一會兒？」裕成搶著說。

「不，」她答。「要早點回去休息，明天我還要出遠門哩！」

「什麼？」他驚叫起來。「怎麼沒有聽說！」他詫異地注視著她的面孔，她的臉上顯現著安詳和寧靜，沒有絲毫的憤怒表情。他的視線又轉移到母親和邱梅的臉龐，和她們驚詫的、詢問的目光相碰。她的突然轉變，他是永遠不會知道的了。

「今天下午才決定，」韋菁笑笑：「我特地來辭行的。」

——原載《青年日報副刊》

一塊錢

秦明道縮著頸子走過麪攤，硬著心腸不看那麪攤一眼；可是麪攤主人含糊的喊：

「這邊坐啊！」

他是這兒的老主顧，賣麪的老頭也許已認識他。走廊上有六個攤子，他從不到別家吃東西，半年來，已記不清光顧這兒多少次。來來往往的人很多，所以老頭只是對著他吆喝。但他今天不想吃——身上有的，不夠一碗麪錢。

一步，一步，再向前一步；他猛地車轉身軀，直向麪攤衝去。既然是老主顧，為什麼不可以記一記帳？吃完麪，向老頭說一聲：「今天身上不方便，明兒吃東西時一起算。」難道老頭還會拉住他不放？

老頭看了他一眼便說：「請坐。」像是對自己的招徠客人很具信心。

他坐什麼地方呢？攤子橫頭坐了一個西裝客，右手舉著牙籤剔牙齒，不知道是吃完了還是等鍋裡的麪？右邊挨次坐著兩個客人，低頭「呼嚕嚕」地吸著麪條，不曉得是什麼身分？靠近橫頭還有兩個座位空著，他便朝那方向走去。

準備靠近西裝客坐下時，突地瞥見另一個空位，有一枚硬幣躺在木板上，亮晶晶地

閃爍。他便橫跨一步，在另一張圓木凳坐下。

低頭面對這一塊錢硬幣，怎麼辦？一定是麪攤老闆，忘記把客人付錢的零頭收回去；他該抓起放在老頭手旁的磁罐裡，笑著說：「生意好，連銅板都不要了？」

沒有。他不必這樣做，老頭對這枚硬幣，瞧也不瞧一眼，只是盯著他面孔問：「還是老樣子，大滷麪？」

他料想的一點兒也沒有錯：麪攤老闆確是認識他。記一碗麪的帳，看樣子不成問題。

「好！大滷麪。」他摸向褲旁插袋。左手摸著銅幣「呼嚕嚕」響。大滷麪是四塊錢一碗，口袋裡只有三個銅幣，正好差一塊。如果老頭不搶先問他，他喊陽春麪多好。那樣就不必向麪攤老闆開口記帳。老頭身旁黑油油的木條柱上，不是貼張燻汙了的紙，上面寫「至親好友，概不賒欠」？

看見那幾個字，真倒抽一口冷氣。他想不到于思滿臉的老頭，會冷酷得六親不認。至親好友到麪攤上吃碗麪，他不但不請客，就連記一下帳都不行。這算是什麼世界？怎麼一點兒人情味都沒有？為什麼以前沒有想到。

早知老頭是這樣一個翻臉無情的人，他不該經常在這兒吃東西；今天更不該要一碗大滷麪。

他錯了。這碗麪吃下去，將會有怎樣結果？大吵大鬧還是一笑了事？為了吃東西，

和別人吵得面紅耳赤，豈不要被別人笑掉大牙？

秦明道憤怒地將左手從口袋中抽出，把三個銅幣擲在木板上。銅幣在油膩膩的板上跳了跳，散成斜「一」字隊形。這是很長的「一」字，和木板上原有的那枚銅幣，已連成一線。

他想：這銅板的聲音一定很大，吵得大家都扭轉頸子望他一眼。老頭、西裝客，和那個低頭吃麪條的人，像都不明白他為什麼要發脾氣。大家都沒有錯，錯的是他自己。他摜硬幣，是對自己臨時沒有主見表示憤怒。這用不著向大家說明；他們也不會了解他這時的心境。

老頭端起滿滿的一碗麪，向他身旁走來。他猛吃一驚：這麼快麪就煮好了？沒有。老頭經過他身前，把麪擺在西裝客的座位上。他感到微微地失望。肚子太餓了，只是早上吃了兩套大餅油條，熬了一天，餓得身上直冒冷汗。現在該是九點半，是十點了。在火車站徘徊時是九點零五分，鐵皮頂下懸掛的燈泡發黃、發白，塗著濃濃的霧絲——是餓昏了，眼睛迷茫不清？也許是麪鍋的水蒸汽。

應該把精神振作起來。一碗麪不夠，再增加一碗。他伸出右臂，用微微彎曲的手掌，把桌上所有銅幣，掃成一堆。錢幣嘩啦嘩啦響，大家又把視線集中在他身上。

他要做什麼就做什麼，用不著顧及別人怎麼想。好吧：他把四枚銅幣平疊在一起。現在天衣無縫，全屬於他所有。

麪攤老闆大聲吼：「那一塊錢是我的！怎麼變成你的了？」

「當然是你的。」他把硬幣攤在右掌上，伸向老頭。「這是麪錢。」

「麪錢！」老頭的雙眼鼓得又大又圓。「你裝蒜，我原來的一塊錢，到哪兒去了？」

看起來，騙不了這精明的老頭。該見風轉舵，嘻笑地對老頭說：「何必認真？一塊錢，是開玩笑的啊！」

可是，不行。麪攤上的人全盯著他，怎下得了台？而且他身上只有三塊錢。好吧，開玩笑的，那麼你付足麪錢，再補一塊錢吧！沒有。你們大家看看這傢伙是不是騙子，存心賴我一塊錢？

不行，一定要硬到底。他說：「你的錢在哪裡？這些錢都是從我口袋裡掏出來的。」硬幣在他手心裡前後竄動，嘩啦嘩啦響聲更增強他的聲勢。

老頭把鐵鏟摜在案板上，撞擊鍋碗瓢碟，聲勢壓倒了他。「這傢伙真『混帳』。那一塊錢，是那位客人從地上撿起，放在案板上的。你們看，怎麼會從他口袋裡掏出來？」

順著老頭手指的方向看去。老頭正指向西裝客。西裝客面無表情，嘴巴拖著長長的一綹麪條，用力地往肚中吞吸。

想不到這塊錢是這樣的來歷；現在人證物證俱全，他這「混帳」的罪名真賴不掉

了。可是這西裝客為什麼毫不動心?莫非是這老頭,想借用旁證使他屈服?如果這一塊錢是西裝客撿起的,所有權當然不屬於老頭;不然,老頭為什麼不立刻收起,放在他自己的錢罐裡?

燈光塗在老頭的面龐,亮晶晶的。那是該把放在客人麪碗裡的油,他自己喝了。客人都對他不滿,所以才沒有人願意替他出來證明。以往他在這攤上,除了吃麪以外,還有過滷菜、豬肝、豬耳朵、高粱酒。老頭賺了他不少錢,為什麼對這一枚硬幣,給他這樣大的難堪?還罵他「混帳」!

「誰相信你的鬼話?」秦明道縮回自己手掌,立刻把錢全部放進原來的口袋。賭氣地說:「我走了,麪不吃了!」

「這是什麼話?」老頭跳起來狂吼:「麪下鍋了,你不吃誰吃?不吃,你還混去一塊錢!」

「誰混你的錢?」

「是你!大家都看到的!」

「誰敢證明這塊錢是你的?」秦明道覺得自己頭上的筋猛烈跳躍。老頭既然不顧以往的情誼,他為什麼還要講道理?他站起揮舞著雙臂咆哮:「你說說看,你的錢,和我的錢有什麼不同?」

「你野蠻,不講理。你是騙子……」

「你才是騙子，吸血鬼……」

他們又吵又罵。攤旁和走廊內外擠滿了觀衆。好吧！現在大家都不明白誰是誰非。這老頭為了一塊錢，砸掉不少生意；而他離開這麪攤，誰也不知道他剛才做了什麼。

坐在最左邊的客人，一直低頭吃麪的。倏地把筷子往木板上一拍，指著秦明道説：「你這個人不講理。我親眼看到那一塊錢，是那個穿西裝的人撿起放在桌上的，你趕快拿出來！」

他像坐在一葉獨木舟上。湖水——不，是海浪把小船顛起又放下，整個身體戰慄晃蕩，雜亂的面龐、人影、圓錐形的柱子、銀灰色的線，在眼前扭曲、跳躍。那麼多人狂喊，白茫茫的霧靄緊緊裹著他。他昨晚充英雄豪賭，輸光了所有的錢，鋼筆、手錶也作了抵押，卻來到這兒賴一塊錢。麪攤老闆以往做他生意賺的錢，怎好和這一塊錢相抵？為什麼沒有算清這筆帳？他是被徹底的打敗了！

再把手伸進褲旁插袋，掏出四枚硬幣，用力擲在木板上，發出叮叮噹噹的回聲。他在大家注意錢在桌上跳躍時，擠出人群，含著淚向長長的走廊衝去。

——原載《中華副刊》

自編，自導

我正埋頭在一堆作文簿中，抓著紅筆勾畫、刪改。一個學生悄悄走近辦公桌，不聲不響的站在我身旁。側轉頭才知道他是我班上的學生王德宏。上課時，有很多同學說他借了他們的錢沒還。我問他什麼緣故？他結結巴巴說了半天，也沒有說出理由。我想：這一定是他家庭或他個人有什麼困難，不便當著大家的面說出，所以我便叫他下課時到辦公室來。

「好吧，」我說：「你現在可以講啦！」又低頭改了兩行字，他還沒開口。我真有點惱火，放下毛筆看著他。說：「你有困難，講出來，才好幫你解決啊！」

他低著頭，蹙緊眉，眼皮下垂，滿臉困惑的、受委屈的神情，像是做錯了什麼事，等著接受處罰似的。

「老師！」他喊了一聲，又停頓不說下去。像有誰拉住他的舌頭，不讓他說話。張張嘴、動動舌頭，還是沒有聲音。這一定是因為我的面部表情太嚴肅，把他的話嚇回去了。於是我掉轉頭看桌上的作文簿。這作文簿是全班當中字寫得最好的學生，叫做吳谷。他的字雖寫的好，但作文卻做得不行，要費很大的力氣批改。

「我做錯了事，老師會原諒我……？」他的嘴緊靠著我的耳旁，但我覺得他的聲音還很低，低得只聽到每個尾音「嘶嘶」聲。

這樣很好：做錯事的人，能認錯悔過，是高尚的品德；當然我會原諒他。但我一定要把事情弄清楚，不能隨便答應。「你究竟做錯了什麼？」我問。

他又停住半天，才說：「我受了騙，我參加了太保組織——」

急掉頭看他的臉，他的臉上布滿了恐懼的、不安的神氣，像急待別人憐憫和同情。是啊，他只是一個初中一年級的學生，就敢參加太保組織？現在才十四歲便如此大膽，到了十九、二十還得了！我平時總認為自己管理學生很嚴，此刻卻有學生越軌到如此程度；這不是對自己的教育方法絕大的諷刺。

「你在什麼時候參加的？」

他想了一想，說：「在去年八月。」

八月是暑假期間。他是一年級的留級生，那時我還沒有教他，他也不是我的學生。這樣想時，責任似乎輕了些。但我還是要他把經過說出。

「上年度，最後一個學期結束時，」他慢慢的，有條理地說：「我來學校拿成績單，見自己沒有升級，感到很難過，又怕父親打我——」

「你父親時常打你嗎？」這時，我突地想起，在這班第一次作文時，他曾在「暑假

生活」的作文題中，寫過他拿回成績單，他父親看了以後，便交給他，並對他說：「這次我不打你，也不怪你，那是因為我沒有好好教導你。現在，你自己想想應該怎麼辦吧……」他說他當時感動得流下淚來，決定努力用功，洗雪留級的恥辱。因他寫過這樣的話，所以我認為他是一個好學生，絕沒想到他會參加太保組織。

他點點頭，繼續說：「我不敢回家，就坐火車到高雄，想找我大哥來，幫我跟父親講好話。但我大哥正受預備軍官訓練，不能請假，所以我還是獨個兒回家——」

「無關的事，少說一點。」我提醒他。

「我在高雄坐的這班火車，到新竹就不開了。」他仍沉著地說：「到了新竹，已是半夜十二點多。出了火車站，就有兩個人跟著我，問我：『你是幹什麼的？』我把經過告訴他們，他們最初不相信。後來相信了，就要我參加他們的組織——」

「你就答應他們？」我說。

「他們都有十八、九歲，人很高，力氣又大。」他說，眼皮下垂，聲音還是很低，像受了無限委屈。「如我不答應，他們就會打我。」

他又頓住，搓弄著手指，像是在極力想些什麼。是啊，他一切的錯誤，都是因為怕打才造成的。他的身材已很高，看起來不像十三四歲的人，但他的心理完全是孩子氣，我當然不能怪他。

「你答應參加他們的組織以後，怎樣了呢？」

「他們就帶我走到火車站附近的一個小草屋裡。」他答：「住了一夜，第二天早上，我才回家。」

「你還記得那小草屋在什麼地方嗎？」

「記得。」

「那兩個人的姓名，你知道嗎？」

「知道。」他答：「一個是『團長』，叫鄭武雄。他們經常住在那裡。」

接著我盤問他很久，知道他們的太保組織叫『野獅組織團』，連他共計二十七人。他們在每個月的十三日開會，地點臨時通知。這個月的開會地點，是在博物館的後面，今天是八日，距離開會日期還有五天。

他說他們的經常工作是打架和偷竊東西。因為他加入組織不久，還沒有偷過什麼，只是把別人偷的東西，傳給另外一個人。他被分派在這個地區的一個小組工作，小組長是在××學校讀書。有一次在火車過山洞時，小組長把車廂架子上旅客的一個皮包拿來，由他傳給別人。其餘他就沒有做過什麼壞事。

「你參加組織以後，」我又問：「得過什麼好處嗎？」

「沒有。」他搖搖頭。「每月還要繳『團費』八十塊錢。」

「你借同學們的錢不還，就是拿去繳團費？」

「是的，」他點點頭說：「家中拿不到錢時，我就向同學借，所以愈借愈多——」

我突然想起問他：「你爸爸、媽媽知道這件事嗎？」

「不知道，」他說：「我不敢告訴家中的人，我怕爸爸打我。」

我把有關的細節再問了一遍，他說他有「團證」，那上面有每個團員的姓名，打架時他們還有一個鐵的齒輪做標幟。問清楚以後，我安慰他，不要害怕，這件事由老師來處理。並且叫他安心讀書，還和以前一樣參加他們那個小組活動。他們叫他做的事也照做，不要因為告訴老師以後，在外表上被他們看出。還叫他把那個團證明天帶給我。因為我要看那二十七個人的姓名。

在他離開辦公室時，我又喊住了他。問：「你沒有說過謊話嗎？」因為我已發覺他說過兩次謊話，一次是他躲在教室裡，沒有參加週會，被管理組長查到了，他說是向導師請過假；經管理組長查出，他根本就沒有向我請假。另一次是他把別人作業簿的封面姓名擦掉，寫上自己的名字繳來，被查出是冒充。所以這次我特別細心，怕他在這件事當中，有些地方說了謊。

「全部是真的，一句假話都沒有，」他說：「現在我把這經過說出來，好像安心得多了。」

他離開辦公室後，我立刻找出他家中的住址，用限時信約他的父親來校面談。

第二天上午，他把「團證」交給我。團證上果然有二十七個人的姓名，還證明他每個月繳費的記號。到了下午三點鐘，他的父親來了。我把王德宏「自首」的經過說明，並希望不要因此處罰他。因為處罰並不能解決問題，只是增加父子之間的隔閡。他的父親也同意我的看法。並要求這事由他處理，因為他有一個朋友，在某治安機關，專管少年犯罪案件，由他負責偵破，比較方便。他還說明他將儘可能的要求治安機關，在這個月的十三日開會時，把那些太保一網打盡。為了王德宏的生命安全，在捕獲時，王德宏也將被抓，以免為他的同黨疑忌。

我對他這樣的計畫，和設想周到很佩服。並決定交給他全權處理。

十三日過去了，連續三天王德宏沒有來校上課。我想：這一定是他和他的同黨，都被治安機關捕獲了。由於他的「自首」使這班不良少年得到感化教育，能步入正途，他的功勞實在不小。

第四天上午，王德宏父親又來了。他坐定後，我便問：「事情發展是不是很順利？」

他搖搖頭，苦笑了一下。說：「王德宏說的，全部是假的。」

我驚跳起來。喊道：「假話不會編得那樣好，而且，他還有團證！」

「團證是他的同學吳——什麼寫的。」他父親接著說：「在十三日治安人員根據他的指點，捕獲了許多人，但經詢問之後，他們都是無辜的。王德宏也不認識他們，他們都被釋放了——」

這時我才想起「團證」上的字跡，看來很熟悉，那正是我班上字寫得最好的學生吳谷寫的。

「他怎會編出這故事來騙人？」我生氣地問。

他父親又苦笑了：「王德宏看了許多偵探雜誌和漫畫大王，就會自編自導自演了！」

——原載《中華副刊》

衝

這巷子很窄，兩人對面走時，斜著身子才能通過。臭水和泥汙淤積在陰溝內，較低的地方已溢至路面了。

巷內的門戶散亂的擠列著，顯得幽暗而窒悶。每家的門內都擺著長凳，坐著穿花花綠綠衣服的女人。她們的臉上抹得很濃豔，像舞台上化過妝的演員。每人都嘻嘻哈哈地笑著、唱著、相互的扯捏著……

吳玉菱斜倚在門框旁，伸長脖頸凝視西天雲彩由橙紅、橘黃，慢慢變成一種清淺的紫色。她沒有參加她們的喧嚷，早已養成在喧囂中保持寂靜的習慣了。

她們都是公共茶室的茶孃。吳玉菱來這「綠香」，只有六個月，她們都笑她太「嫩」，不能應付得使每個客人滿意；所以除了輪流「當番」，熟客是不會找她的。如不是她「長相」不錯，早就被攆走了。

客人漸漸多起來，她們先後去當番，只有吳玉菱和另一茶孃仍坐在門口。突然，一個人影在巷子轉角處一閃，吳玉菱的心驚顫了一下。「難道是他？」她想。「他昨晚說過不來這裡，為什麼又來了呢？」

她立刻站起，轉身對著牆上掛的穿衣鏡，細心打量了自己一會，摸摸頭髮，扭著身軀看遍全身服裝，見沒有一絲兒破綻，她才放心又坐在長凳上。實際上她顧慮得太多，她是化好妝才走出的，只靜坐一會兒工夫，哪會有什麼差錯呢；但她覺得昨晚在外面，他沒有看清自己，今天算是初次見面，一定很重要，應該小心一點才對。

接著她就對自己的想法嘲笑起來，他為什麼對自己很重要呢？她僅知道他叫傅佑，其他的一切，她都不清楚。當然，這是由於昨晚太緊張了，她沒有想到這些，也沒有時間問他，如果她問他，相信他會告訴她的。

昨晚，她離開這裡已十一點多鐘了，獨自向回家的路上走去。天，陰沉沉的，星月都被烏雲遮掉，她藉著路燈的光，匆匆的向前走著。每晚回家時，她離開鬧市區，走到這荒涼的地帶，就為自己擔心，但這只有一百公尺左右的距離，加緊腳步，轉過彎就有人家了。

這是一個很長的圍牆，圍牆裡面是學校的教室。她沿著圍牆外面走著，風吹著樹梢發出沙沙的聲音，她的膽子壯了不少。

「太晚了，」樹蔭中冒出男人的聲音，她的心突然向上一提。「我陪妳回去，好嗎？」

她沒有理他，加快腳步向前走。她時常會碰到這樣的冒失鬼，只要不睬他，就可以過去了。

「別假正經！」那男人超在她前面，用手攔住她去路。「我知道妳吳玉菱是怎麼一回事！」

她愣住了，他怎會知道她的姓名？她瞪著他的臉，圍牆裡面的路燈，在樹隙中漏下來，她已看清他了。他三天前在「綠香」，是他的茶客。他那時露出猙獰的面孔，表現兇惡的樣子。她討厭極了，為了避免和他發生衝突，她數次離開那房間。他定要和她發生進一步的關係，堅約她到外面去，她厲聲的拒絕了。她不知道其他的人，是不是會如此，但她認為超過自己職業範圍以外的事，她是有權拒絕的；終於他恨恨的走了。現時他在此處出現，一定是有意的等她，她感到恐怖起來。

她覺得向前，荒僻的路比較長，便連忙回頭走。她記得路角有個人家，她可以進去求援的；但她剛轉過身，他就竄到她身旁，捉住她的胳膊了，她感到他的氣息在她額角上游移。

「你幹什麼！」她終於怒吼起來。當然，她知道這是沒有用的，她的聲音不會有人聽到。她真擔心這樣下去，會發生什麼事情。她用力掙脫他的手。

他獰笑。「我們講道理啊！」他又抓著她的肩頭。

「誰和你講道理！」她低著身子滑脫了他的手掌；倏地一陣腳步聲響起，她急轉頭一看，「有人來了，你趕快讓開！」她威脅著說。

他呆了一會，一個高大的男人已走到他們身旁；但他隨即改換了態度，笑嘻嘻地走

近了她，「我們回去吧！太太。」他用右手圍著她的腰。「有道理回家再講。」

那行路人，本來慢慢的走著注視他們，聽到他的話，以為他們是夫妻吵架，又加快速度向前走了。

「誰是你太太！」她將全身的力量用在聲帶上。「那位先生請不要走，救救我吧！」她要哭出來了。

那人遲疑了一回，才走回他們身旁。「你們到底是怎麼一回事？」他的聲音鎮靜而洪亮，她安心了。

那壞蛋搶著告訴他，說他們是夫妻，她要離開他，因此要拉她回去，並且請他不要管他們家庭中的閒事。

「不，不！他全是胡說。」她分辯道。「我不認識他，他是流氓——」

高大的人聽得糊塗了，不知該相信誰的話。「好吧！我不管你們的事，」他左手揮了一下。「那兒有警察派出所，我陪你們一道去吧。」

她走在那行路人的前面，壞蛋也趦趄的跟著；但走了幾步，那壞蛋就撒腳狂奔，轉眼不見了。

接著她和那高大的人走在一道。她急促的走著，希望趕快離開這個陌生的人。誰知道他的心又是怎樣的呢？

「這樣遲回家，應該叫一部車子。」他說：「或者要朋友送妳一道回來。」

她低頭走著，沒有回答。她想：他將自己當什麼樣的人看待呢？如果知道她的生活方式，他就不會這樣說了。走到熱鬧的街頭，她就請他回去，但他一定堅持要送到她的門口；她也不便拒絕，在他身旁慢慢走著。他問她本身的一些問題，她胡亂的告訴，說她是在一家工廠裡做工，今天工廠加班，她回來較遲，才出這樣的亂子。

他認真地聽著，一點也不懷疑，她感到非常愧疚。當然，這假話說得很像，因為她對面房間裡住著母女二人，那個女兒便是在工廠做工的。今天早晨那女工的母親，還拿了一張招請工人的廣告，問她要不要去。她平時一直在說找正當職業的。

到了她家的門口，他問：「我可以進去坐坐嗎？」

「不，不。」她連連搖頭。她知道自己敲門時，就要挨房東太太一頓臭罵，假使和一個陌生男人這樣遲回來，更不知道她要說些什麼了；而她的房內亂得一團糟，怎能讓他進去呢！這時她才仔細的打量他，見他戴一副近視眼鏡，衣服穿得很挺，像一個規規矩矩的人。她在他身旁感到自己的卑微，她覺得不應該騙他了，便把自己在茶室內的事告訴他，他聽完愣了一會便走了……

可是，他這時到茶室來做什麼呢？她陪他到房間內，坐在他身旁。他對這房間內的布置和一切都感到驚奇，她看出他是初次來這樣的地方。

「昨晚我忘記問了，」他說：「妳為什麼要在此處工作呢？」

「為了生活啊！」她裝著微笑回答，她對任何茶客都是這樣說。當然，這不是真的，她愛上一個人，母親不答應和他結婚，她就跟那人偷偷地同居了一年，但那男人隨即遺棄了她，在憤怒、怨恨和無路可走時，鑽進了茶室。這期間，人們都在輕視她——她看出男人在用種種方法要她覺得她比別人低賤。但昨晚和傅佑在一起，他像是用平等的目光看待她，她壓抑很久的自尊又擡頭了。

「謀生的方法還不簡單，」他不屑地說，眼睛直視著她的臉龐，像要看穿她的心肺。「我已為妳找到一份不愁吃、不愁穿的工作——」

「謝謝！」她切斷他的話。「我不願接受陌生人的幫助。」本來，她要將自己準備進工廠的決定告訴對方，但見他說話時那種施捨式的神氣，突地改變了主意。而且她已吃過男人的虧，不願再輕信這了解不夠的男人了。

「那……那是我多事了，」他囁嚅地說，扶著桌子站起。掏著一疊鈔票放在桌子，硬著脖頸向外走去。

她感到房間浮盪起來，全身的衣服像被剝光，再撕成碎片。她想拉住他，打他一記耳光，以報復他的無禮。但她知道那是永遠不可能的事——茶孃有什麼資格去凌辱行為正常的茶客？一種悲哀的感覺從心底往上沖，鼻腔一軟，眼淚便滾瀉而出來。

她用手背擦掉眼淚，抓起鈔票，摔在老闆娘的面前，便衝出門外。

——原載《青年日報副刊》

斷臂記

「田股長，你看，我會受到處分嗎？」

「我想不會，妳放心好了。」

「可是，上次朱小姐和我一樣，就受到……」

田伯寅停下來，把張雪梅讓在他右邊走著。這樣她就隔著一部自行車和他說話了。他真不願意她在這時候和自己講話。馬上就要出大門了，他的太太在大門對面一個公車站等他，如果看到她和他這樣親密地走在一起，不知會惹出多大風波。三天前他和同辦公室的朱小姐，在走出大門時互相打一個招呼，說聲：「再見！」被太太看到了，整整鬧了三天三夜。現在見到張小姐和他這樣輕聲低語的談著，不知會鬧到何時……？

「好了，妳放心，我們明天再談。」他把自行車推得離身軀遠些，使她不能接近自己。同時在語調內也放進不願意和她談話的味道。他要趕快結束這不愉快的場面。

使他又氣又惱的，張小姐卻伸出左手挽著自行車的橫槓，貼近他說：「能請你跟科長講講人情嗎？我下次一定小心，不再打錯字——」

胡鬧！她打錯字、受處分與我有什麼關係？要我去講人情！她或許以為我年紀大

了，已經四十八歲，她才二十，用不著在我面前避嫌疑，和我緊緊地走在一起，但我卻要擔心別人的目光啊！他真希望有另一個同事能和他們走在一道，不單是他們兩個人，問題就比較小。現在正是下班的時間，大家都匆匆地趕著回家，誰也不想和他們搭訕，他只有單獨忍受這酷刑——如果不是在此時、此地，有這麼一個年輕女孩和他嬌滴滴地談話，那還是難得的機會呢！可是現在不行，他太太在看著他。

「不行！」他說，堅決地。「我不喜歡多管閒事，妳還是去找別人。」

「股長！你真不肯幫忙？」她低下頭，聲調裡充滿失望和悲哀，像馬上就要哭出聲來。真是女人！處分有什麼了不起。大不了是警告、申誡一次，用得著在大門口眼淚鼻涕一齊來。

「好吧！妳放心吧！」他不得不安慰她。「明天我再幫妳想辦法——」

話還沒說完，猛擡頭便覺得有股尖銳的目光，直射向自己。他的心尖跳躍了一下，隨即打了一個冷顫。原來他太太正狠狠地瞪住他和張小姐。當他的視線接觸到她的目光時，她霍地掉轉身。

再不能顧張雪梅了，他匆忙地推著車子向太太身旁駛去。

「妳等得很久了吧？」他陪小心地說。「她請我幫忙，和我囉嗦了半天——」

她倏地車轉身，大聲嚷：「那你跟她去啊！」

「不要在這兒吵，」他說。「這兒同事多，不好看，回家後，我再慢慢告訴妳。」

「誰聽你的鬼話？」她兩手扠腰昂著頭。「現在和我說話嫌同事多，你跟那不要臉的女人在一起，就不怕人多了！」

他的臉頓時發燙，再沒有勇氣回頭看張雪梅一眼。如果張雪梅沒有走開，聽到他太太講的話，她將怎麼想？明天他怎有臉在辦公室見人？他太太怕他和別的女人在一起，每天中午和傍晚下班時，在大門口等他一起回家，知道的同事都在打趣他說：「你們真恩愛啊，太太一時一刻都捨不得離開你！」或是指著他鼻子問：「你一定不規矩，看你太太管你那樣子！」

聽到同事們的譏嘲，他只好苦笑。同事都不了解他太太的妬忌心有多重。他和住在同院的鄰居周太太說了一句笑話，被她聽到了，她就逼著他把院子隔開，另闢一個門出入。走在街上，他偶然向經過的女人看一眼，她定說那女人是他以往的情人，要追問他和那女人的來往根源。他和她結婚才三個月，但吵鬧已不止一百次了。

在沒結婚以前，她是三十五歲的寡婦。經朋友介紹一次見面後，他送她回家，談到深夜，就住在她家裡。他當時和以後一直擔心，對性關係這樣隨便的女人，結了婚是不是也和婚前一樣浪漫？但事實上她表現得很好，完全是一個規規矩矩的家庭主婦。只是把天下所有的女人，看作和男人講一句話就可以「上牀」；而所有的男人都是薄情的。這樣，他的痛苦就加深了。她不但時刻要監視他，還不斷的吵著要他給她五十萬元的保證金，作他變心時的生活費。他是公司裡的一個小職員，去哪裡籌那麼多錢？即或能籌

出這筆錢，怎能給和自己生活在一起的妻子？所以他一直的忍耐，檢束自己的言行。希望共同生活久了，她明白他不是一個胡來的人，他們的未來就會幸福了，誰知接二連三無辜的事纏繞著他。朱小姐的糾紛剛過去，現在張小姐請他幫忙說項的吵鬧又來了……

「我先回家了，」他平靜地說，「妳要吵就在這裡吵吧！」

他把車子向前推了一把，做要騰身上車的姿勢。他告訴自己：「橫豎吵鬧是免不了的，與其在公司門前吵鬧丟臉，還不如回家單獨挨罵。」

「你敢！」她說。

他聽得出這兩個字的語氣雖兇，但她的態度已不像剛才那樣强橫了。她可能真怕他甩下她，跟別的女人去逛一圈呢。

「你上車吧。」他把自行車扶穩讓她爬上車後的坐墩，然後自己慢慢跨上車。他做這些動作時，內心充滿了反感。兩個人共乘一輛自行車，是違犯交通規則的，同時這輛車已破舊了，「煞車」也不太靈，加上二人的壓力，像是不勝負荷地「吱吱」叫。為什麼她不能好好坐在家裡等著他，而要這樣找他麻煩呢？

他踏著車順著公路向前走。這正是各機關下班的時間，交通車和各種車輛錯綜地行駛。他必須小心地揀各種車輛的空隙前進，才能順利地通過。雖然車上多載了一個人，但他仍很滿意自己騎車的技術是又快、又穩。

「你真沒有良心，」坐在他身後的太太開口了。他猛吃一驚，因騎上車後，他以為

吵鬧已經結束，最起碼在熱鬧的市區裡她不會開口，誰知她現在又責罵他了。他深知她的脾氣，開口後就不會停止。他怎樣才能使她住嘴呢？

「和那不要臉的女人談得好起勁，」她繼續嘟囔道：「你既然喜歡那女人，就不該和我結婚哪。」

「不要胡說，」他捺響車鈴，想驅散攔在他前面並排走的兩個人。「她是我辦公室裡的同事。妳的話被人家聽到了怎麼辦？」

「你怕她，巴結她，我可不在乎，聽到了又怎麼樣？給我五百萬，我就走開，讓你們生活在一起，清靜過日子——」

這是多麼無聊的話。她是真的這樣想，還是故意這樣說呢？他感到有一團悶氣梗塞在心頭，耳內嗡嗡的響。真想跳下車來，掌摑她兩記耳光。但他知道那是永遠做不到的事了，他已沒有那麼大的火氣——什麼，剛才是綠燈，現在變成黃燈了。他應該停在十字路口，但衝就讓車子很快的衝過去吧。噢——好快，已變成紅燈了，要退回去，還是停下來呢？不能在這兒遲疑呀……！

汽車喇叭的「嘟嘟」聲，還有刺耳的「你找死啊」的叫聲，那是他太太喊的。可是，已經太遲了，眼前有一股漆黑的東西撲來，他不知怎樣就摔在地上，左臂又痠、又痲，呀！很快，什麼痛苦都沒有了。兩眼一陣黑，他已暈了過去……

——原載《中華副刊》

信心

全身的筋肉抽搐，痛苦鞭撻著我，汗從頭上滲出，濡溼了枕頭。我覺得潔白的牆慢慢的分裂為一片、兩片……我的眼睛花了、心碎了。

剛被送至醫院，掛的是急診。大夫看到了我的一雙腳，臉色就變了，他用手指掐著、捏著，我雙腳的皮已痲痹得沒有感覺。接著就是一連串的驗血、檢查、照X光……我躺在病牀上已十二個小時，除了全身痙攣的痛苦以外，還有等待——等待判定病狀的痛苦。

這是一所規模很大的醫院，有很多不同面孔的醫師來診斷。我無法知道他們是因我的病狀離奇，齊來診斷是為了增加臨牀經驗？還是這醫院重視病症，一定要經過許多大夫的會診才能決定病情？但從每個大夫診視後的木然面孔上，我透視出自己的病症一定是非常嚴重了。

終於，主治醫師來了，他低頭站在牀前，翻著一大堆的病歷表，好像上考場的學生，走進考場前還想多看一會書的樣子翻看著。我是多麼渴望著他告訴我的病狀啊！

他將病歷表隨手遞給他身旁的一位護士小姐，現在我看出圍在我身旁有很多穿白衣服的醫生了，他們年紀都很輕，眼睛滴溜溜的轉動，顯出緊張的臉色。他們一定是實習的學生了，我想。

主治醫師繞到我牀後，又檢查我的雙腿、雙腳，然後回到我的面前，抓起了我的右手。我趁這機會舉起了左手，看著我的手指都變成青黑色了。

他放下我的手，注視著我。「毒菌已竄入骨髓，」他慢吞吞地說：「要施行手術——」

「要怎樣？」我太急了，翹起頭看著他。

他上前二步，伸直手掌在腳踝的上面橫著拖了一下。冷冷地說：「要從這裡——」

「啊！」我懂得那意思，不顧疼痛，挺直上身尖聲叫：「再沒有其他辦法？」醫師搖頭。「要趕快動手術，不然，」他眼睛又釘在我的雙腳上。「還要向上蔓延。」現在，我才聽出他失望的腔調，但遲了，我已失去雙腳了。

「不！」我將自己摔回牀上，我為什麼要切去雙腳呢？我要走路，我要爬山，我要賽跑，我要游泳……假使沒有兩隻腳，這世界將變成什麼樣子呢！「我不要動手術！」我尖銳地叫。

前晚和麗娟在新公園散步時，她約我禮拜天去游泳，今天已禮拜四了。可是，切去雙腳，我將永遠不能和麗娟玩在一道了。

麗娟對我的態度，可能不會轉變，我想。她是真正愛我的，只要我的心靈完整；四

肢殘廢，對她又有什麼關係呢？她父親就不會那麼想了。現在他還竭力反對我和麗娟來往，到那時我不能走路，他定要堅決的阻撓了。

一次，我在火車站上碰到她父親。我只到麗娟家去過一趟，她父親見面就認得我。我跟他打了一個招呼，他就指著鼻子罵我：「你也不照照鏡子，瞧瞧自己是個什麼樣子，你配跟麗娟在一起！」當時，我就想打破他的腦殼，但為了麗娟，同時車站上那麼多的人瞪著我們，我只笑笑避開了他。當然，他的話是對的，他是個商業界有地位的領袖，而我呢，只是百貨店裡的一個小店員，能娶他的女兒？現在，我失去雙腳，更配不上麗娟了。

麗娟看到我殘廢，她一定不會再理我了。她是運動場上的健將，不論是田賽還是徑賽，都很出風頭。我們是在運動會上結識的，當我明白她的家庭狀況後，我就不願再見她，但她認為貧富懸殊並不影響友誼，志趣能夠相投，一切的障礙和困難都會袪除的。可是，我將不能和她玩在一起，僅能坐在一旁看她跳高、跳遠、游泳了，甚至，我連看她玩的機會都沒有，我已失去雙腳了。

醫師為我注射了兩針，他仍勸我快點施行手術。我瞪著他沒有講話，我已打定主意，寧願死掉，也不願做癱瘓的人了。

一會兒，店裡的經理來了，我不知道他是自動的來看我，還是大夫請他來為我在施行手術的時候簽字？因為我沒有親屬，只有他能替我負責了。我的父母死得很早，由姨

母撫養，剛讀完小學，姨母又死了，我便在一家印刷工廠當學徒。一個排字工人待我很好，他教我讀書寫字，我慢慢的進步了。後來，我又轉到現在的百貨店升為正式店員。前天，經理忽然要我去談話。走進經理室的門，他本來低頭看帳，這時摘下眼鏡，站起伸出手來。我驚懼地伸手給他，不知他為什麼要對我這般客氣。

「從下月起，」經理握著我的手說：「你升為門市部主任了。」

我的身體緊靠著寫字桌，經理放下我的手時，我兩手便抓緊桌角，我怕跌翻在地上。這消息太使我震驚了。年紀比我大，資歷比我深的人太多了，我作夢也想不到這一點的。「我怕我……我不能勝任——」我結結巴巴地說。

經理向外跨出兩步，拍著我的肩膀。「我知道的，你好好幹吧！」

我知道他不要聽我的蠢話了。我相信這時我的態度和言語一定是非常愚笨的，不能在此處再顯醜了，應趕快的離開。走出經理室的門，就覺得世界在腳下顫動，我的血液在體內激盪；但我一定要克制自己的情感，不能表現得太輕浮。我終於冷靜下來，想到必須將這消息告訴麗娟。她知道我的境遇，聽到我奮鬥了略有成就，一定會為我高興的。我藉機溜了出去，走到她的門口，我不願進去，找一個女僕去告訴她，接著是她的父親出來了。

「她不願見你，」他扠著腰說，「你以後不要再來了。」

我看出他滿臉露著不屑的神情，知道這是他自己的意思。

我要她親自來對我說，但他終於關起門不理我了。憤怒逼得我近乎瘋狂，我要將自己的快樂告訴別人也無人理我，我跑進酒店喝了一瓶酒，醉倒了，第二天便被送進醫院。當然，醫生說這病不是因酒而起的，那是先天的遺傳。但不管怎樣，我的雙腳完了，我的門市部主任也完了。

經理走進病房，面色陰沉，他的腿像在抖顫——現在，我特別注意別人的腳了。經理穿的白色皮鞋，他的腳比我小，所以他不會參加賽跑了，我想。可是，我將永遠失去穿鞋子和賽跑的機會了。

他勸我接受醫生的意見，並告訴我一切醫藥費用都由他負責。接著他又請來醫師，詳問診治的經過。醫師又檢視我的雙腿，忽然驚叫起來：「現在你要連膝蓋切去了！」

經理的臉和他皮鞋一樣的白了，但我並不感到更驚訝。我想到十四歲在印刷廠，因受了工頭的辱罵和責打，曾在河畔徜徉了一夜。現在我將生命看得和那時一樣的不值得留戀，我又多活了十三年，我已認識這世界。

病房裡更忙碌了，醫生和護士們進進出出，經理也惶惑地和他們嘰喳地討論著。一會兒，一個顧問也來了——我沒有關心他是美國人，還是德國人。他細心檢查病歷表和我的雙腿。檢查完病房裡的人都跟他出去了。

我覺得過了很久，經理默默地走進，他坐在牀前握著我的右手。「德江，」他叫著我的名字，「你沒有失去信心吧！」

我盯著他的眼睛，彷彿看到淚光。「你不能做懦夫」，他接著說：「你應該拿出勇氣來，接受現實的考驗，人生就是一連串的痛苦和掙扎……」

我沒有聽下去，覺得自己又回到死去父母時的童年，又體驗到學徒的艱苦生活。但我終於衝出來了，我又受過麗娟的愛情挫折，現在難道是最後的考驗？一股生命之流，在心中汩汩地滾動，血又在血管中波盪，我覺得自己必須抓著點什麼！

「好吧！施行手術吧！」說完，我咬緊下嘴唇。

現在，我裝著義肢，坐在高高的櫃台上，每天早晨上班時，麗娟——現在是我的太太，她總要我向總經理問好，因為我們的結合，他的幫助是很大的。

——原載《青年日報副刊》

婆媳之間

金大媽從院中碎步跑進屋內，直走向牆角那隻木櫃。她彎腰拉開櫃門，左手撐著膝蓋，右手伸入一隻黃色圓形的瓦罐。她很快地抽出手來，伸直腰，猛拍著櫃面的右角，高聲自語道：「怪啦！」

她明白地記得，早晨打開雞欄，有兩隻紅皮雞蛋靜躺在地上，她撿起便放進這罐內，現在怎麼不見了呢？

向左橫跨一步，她側轉頭朝大門後的長桌上看去，那桌上有熱水瓶、茶杯……還有一隻空的奶粉罐頭。她本來是想把雞蛋放進那空罐頭的，後來改變主意才放入瓦罐，這是千真萬確的事，毫無疑惑之處，為什麼現在瓦罐卻是空的。

金大媽很氣惱。今天是禮拜天，兒子媳婦都不上班，她就到李太太家中打場小牌。平時她忙著管家、燒飯，難得有休息的機會。今天消遣了一個下午，回來就發現這件怪事，怎不使她生氣。

當然，她並不在乎這兩隻蛋；但她要拿蛋給李太太看，李太太還等在院中哩。李太太曾說過她買的這兩隻病雞永不會生蛋，經她悉心的飼養，牠們生蛋了，而且生得那麼大，握在手裡沉甸甸的，又光又滑。如果給李太太看見，定會使她驚奇得發呆一下子，就扳回以前失去的面子了。可是，蛋呢？

金大媽又拍了櫃面一下，她覺得再不能在李太太面前丟臉。於是她提高嗓子喊媳婦：

「玉芝，玉芝！」

玉芝在隔壁房內應著，沒有立刻出來。她真感到奇怪，剛吃完晚飯，就待在房內幹什麼？李太太來了，她也可以陪著客人談談天哪。

房門的銅門一響，玉芝出來了。

「媽，有什麼事？」

金大媽見她正換完衣服，全身繃緊，像紮牢的粽子，她手裡抓著一根白色細皮帶，用力勒著自己的腰，像要把自己細成兩截頭的葫蘆。

金大媽愣視著她沒有作聲，眼中露出責問的神氣。像是說為什麼要穿得這樣整齊，現在天快黑了哩！玉芝已懂得她目光的意思，接著笑笑說：「國華先去買票了，他要我和他去看——」

玉芝沒有說完這句話。金大媽知道，一定是自己的臉色洩漏了自己的情感。她為什麼不生氣呢？國華結婚才三個月，彷彿已把母親忘得一乾二淨，成日想的和講的只是玉芝，玉芝……他剛才丟開飯碗，筷子一推就向外跑。她還以為他是去辦什麼正事，誰知

他們都要去看——看什麼呢，一定是看電影了。

她才不願意管他們哩，隨他們去看什麼，她總不會和他們一道去的，現在她只要追究這兩個蛋。

金大媽左手指著敞開的櫃門，說：「那罐裡的兩個雞蛋，妳看到嗎？」

「沒有，」玉芝答，舉起兩手整理髮尾上的蝴蝶結。「我們中午吃的是牛肉，還有……還有活的泥鰍，沒有吃蛋。」

金大媽的目光很快地在玉芝頭上掠過，她實在看不慣這怪樣子。那算什麼呢？把頭髮胡亂地綹在一起，不長不短的撅在腦後，像老驢的禿尾巴。她真想不通國華居然會喜歡她——喜歡她這種怪打扮。

她有哪一點可愛呢？窪臉心，獅子狗兒的鼻子，面上還有不少雀斑。可是人們見了國華，都認為他英俊、瀟灑。實在說，國華長得一表人才，是可以討一個比她好點兒的妻子的。本來她不贊成這件婚事，玉芝既長得不好看，家庭環境也不好——總之，她沒有一點可以配得上國華。可是，她替國華抱不平有什麼用呢？國華愛她啊！婚後，他們像一隻殼裡的兩粒花生，時時窩在一起，彷彿是生成的一對。

金大媽覺得國華的人太好了，一點都不像他的爸爸，他的爸從沒有像他這樣愛過他的母親。如果他的爸還活在世上的話，她一定要他學學他兒子的樣兒。可是現在遲了，他的爸已死去十年，留下了國華和國傑給她。她覺得結婚以後的國華，已離開她很遠了；國傑現在才十二歲，等他長大，她也會失去他的。那還早得很，她想，此刻她必須把兩隻雞蛋的下落問清楚。「我是說，除了吃飯以外，」金大媽直視著玉芝的眼睛。說：「還有誰？」

「沒有，誰都沒有拿過。」玉芝移動著腳步，向房內走去。

金大媽冒火了，她為什麼要急著回房？事情還沒有講清楚，這樣太沒有禮貌了。她從門後拖過竹椅，猛力坐下，她的背碰著長桌，桌上的杯盤、罐頭叮噹的響起來。

「可是，家中沒有旁人哪！」金大媽的嗓音很尖銳。「國傑是不會拿的。」提到國傑，她有點不放心，但馬上就釋然了。國傑有時會偷偷摸摸的拿一點零用錢，從沒有拿過家中的東西。她想，他不會把雞蛋拿出去的，他拿蛋去有什麼用呢？

玉芝的右腳已踏進房內，突然縮回，轉身凝視著她。「這樣說，一定是我——」

玉芝停頓著沒有說下去，她聽出玉芝的嗓音打顫，當然啊，一定是她偷吃了。她覺得玉芝應該坦白的承認；她或許就不再追究了。做長輩的人，有時是需要一些雅量的。

「吃了沒有關係，」金大媽說，雙手一攤，然後握著兩隻膝蓋。「只要說一聲就好了！」

「可是，可是，我並沒有看到呀，這是什麼話啊？」玉芝的眼淚滾下來，高跟皮鞋用力頓著地，發出格格的響聲。「為什麼這樣不信任我？」她的聲音也尖了起來。

金大媽手扶著桌角突然站起，桌上的熱水瓶晃了一下。她本想抓著熱水瓶摜在地

上。但立刻就認為摜掉水瓶太可惜，而且也小題大作了。於是她伸手一撲，那空的罐頭就滾在玉芝的面前。

「這還了得！」金大媽啞著喉嚨嚷道：「家中的東西不見了，我就不能問了嗎？」玉芝愣住了，屋中突然靜下來。接著她便用雙手捧臉抽泣著。

金大媽突然感到一陣煩悶，但她並不懊悔自己的舉動，她是有理由這樣做的，她不能讓媳婦爬到自己的頭上啊！

一陣風吹過，院中的芭蕉樹扭曲了一下，她聽到芭蕉葉颳著竹籬笆的「嗤嗤」聲。站在院中的李太太趕進來，輪看著她們片刻。「何必吵呢，有話不好慢慢說嗎？」金大媽攔在她面前，搶著告訴她理由；李太太聽完笑起來。「就是為這麼一點兒事嗎，那太不值得了。」她拉著金大媽的膀臂向外走。「還是到院子裡坐吧！」她跟著李太太跨出大門，但心中感到很不舒服，因她從李太太的笑聲中，可以聽出李太太在嘲弄自己的淺薄和器量狹小。她真後悔把這件事告訴李太太了。誰都喜歡看別人家庭裡鬧笑話的。

李太太開始勸說的工作，用了許多忍耐、寬大……等字眼；金大媽都沒有聽進去。她只希望李太太早點離開，讓她自己靜靜的想一想。她覺得李太太實在太囉嗦了。

院外有一陣孩子的笑鬧聲，金大媽擡頭便見國傑跳進來。

國傑停在李太太身後，擎起手中銀白色玩具槍，大聲喝道：「不要動！」

李太太急掉轉頭，手槍便發出「砰」的一響。

「你這壞孩子，嚇了我一跳。」李太太擒住國傑，抓住他握槍的手。「你這槍買多少錢？」

「五塊——」

「真的？」李太太說。「我家小平買的是八塊。」

「妳不要慌嘛，」國傑說：「五塊還要加兩個雞蛋。」

「雞蛋？」金大媽像被針刺著，跳起衝向國傑。「你為什麼要偷拿家中的東西？」國傑見母親的臉色不對，掙脫李太太的手向外逃去。

金大媽趕快避開李太太的目光，李太太正微笑地盯著她。她有說不出的厭惡的感覺。但那有什麼辦法呢，她是無法避免她的譏嘲了。現在她只希望玉芝不知道這回事。她掉頭向屋內看去，見玉芝大大的眼睛內全是眼白，正瞪著她。

她雖赧然低下頭，但心中卻怪玉芝為什麼要用這樣的神氣看她。她認為玉芝應該走了，國華在外面等著她，她如不去，國華不知要急成什麼樣子，為國華著想，她是要催玉芝離開家了。

「玉芝，」金大媽說，「時間不早了，妳還不去嗎？」

玉芝忙低頭看錶，匆促地跑進房，再抓著紫紅皮包出來。她經過院中時微笑地向她們點頭。

走出院門，玉芝又回過頭來，討好地說：「媽要吃的雞蛋，回家時我帶來。」

金大媽鼻頭一陣酸，眼淚一下子衝出來。她不願李太太看到她臉上顯露出感情上的弱點，便故意指著玉芝扭動的背影說：「妳看，她是一個什麼怪樣子！」

——原載《中華副刊》

激動

葛正琦踏進派出所大門，見杜成枝和她的姑母，並坐在右面牆壁旁的長條凳上。成枝站起，迎向他走來。從頭頂慘淡的日光燈下，見她兩眉簇攏，眼角有淚痕，知道她一定很焦急、很難過。人被扣留在警察機關，都會感到不愉快的。

「你來了，真好！」她說，慌亂地。「我還怕找不到你，你不來，麻煩就大了……」

「到底出了什麼事？」他站住，面對她，眼睛卻看向正中辦公桌旁的警員，警員正盯著他。

「沒有事，什麼事都沒有。」她說：「他們要你來證明……要你證明我……我的身分。你會證明吧？」

對她這樣吞吞吐吐談話，感到奇怪。折轉目光看她一眼，他說：「嗯——我會的。」本來要問：沒有什麼事，警員會帶妳們來？但現在不許可他說話了，注視他的警員向他點頭、招手，並且說：「請到這兒來！」

肩上掛「一毛二」的警員，用原子筆指辦公桌前靠背木椅。他坐在警員對面，回

答姓名、年齡、籍貫、住址和職業。警員用原子筆記著。他忽然意識到自己的話重要起來，現在他不知道自己是嫌犯還是證人？

「杜成枝真的是你未婚妻嗎？」

「真的，一點都不錯。」他說，感到好笑。成枝說要他證明她的身分，難道就是證明這一點？他們訂婚已十三天，她手指上還戴著他替她套上的白金戒指。他不知道要他證明這個，不然，就把訂婚證書帶來了。在法律上，有時物證要比人證有效。

「訂婚以後，你和她常在一起嗎？」警員又問。

他真不願回答這問題，這是他倆的私事，警員為什麼要干涉？只要他們互相願意，是可以經常在一起的。

「我們常在一起。」他說，「除了……」他停頓下來，想想。在這十三天當中，他們每天晚上都一起散步、看電影，還坐在公園內談天……只有前天晚上，和上禮拜六下午，他沒有見到她。他覺得這一點告訴警員是多餘的。

「除了她的辦公時間。」他又補充一句：「她是在匯通貿易公司上班。」這樣，她的身分一定夠明確了。

警員很快地記下他的話，然後把藍桿原子筆倒豎在手內，連續點擊桌面上的綠底玻璃板，歪頭問他：「你真相信她是『偶然』來看她的姑母？」警員把「偶然」二字說得特別重、特別神祕。

她在電話中告訴他，說是姑母搬了家，她去看姑母。到了姑母的家，不知為了什麼，就和姑母一起被帶進派出所。掛掉話筒，趕到這裡。他能有什麼理由，不相信她所說的話。

「當然相信。」他說：「她是我的未婚妻——」

「這個不用提了。」警員截斷話頭，皺眉，用一種憐憫的、不屑的神氣看他，再冷冷地說：「你知道她姑母的家搬在什麼地方？你知道我們為什麼帶她來？」

他都不知道。沒關心她姑母搬在哪兒；更不明白她犯了什麼罪，他正要問對方哩！

警員告訴他，說她姑母搬進風化區。

「可是，」他說，「風化區內，就不能住好人了嗎？」

「以前這房子的住戶，」警員沒有理他，繼續說：「就是為取締私娼才搬走的，現在她的姑母又搬來了——」

「房子總得有人住啊，」他反駁道：「壞人搬走，搬過來的就不會是好人？」

「你要把問題弄清楚，這對你的關係很大。」警員看他一眼，把原子筆夾在食指和中指間，翻著桌上厚厚的藍布面的簿子，再解釋地說：「這裡有一種不好的習俗，訂婚後的女人因為籌嫁妝，常常會……」

警員沒有說下去，他想，一定是看到他憤怒的臉色了。現在他完全明白：警員認為她——他的未婚妻，是在她姑母家偷著幹妨害風化的事，所以才一起被帶進派出所。警

員當他的面說這樣的話，簡直是一種侮辱！侮辱他的未婚妻，就是侮辱他。

他終於忍住內心的憤怒。側轉頭，見成枝正用一種堅定的、感激的目光看向他。好像她深信他剛才所說「嗯——我會的」這句話。是的，他有力量證明的。

「法律要憑證據，不能靠推想，」他反問：「你們有證據嗎？」

她們被釋放了。

他跟在她們身後，走出派出所大門，心中忽然難過起來，他認為自己是當了傻瓜。但那又有什麼辦法呢？在警員面前，他一定要和她們站在一條線上——他說不出什麼理由，總覺得幫助她們是他的責任；而且成枝又是那樣信賴他，他不能使她失望。出了大門，感覺就不同了，他很後悔剛才自己的衝動，是可以把事實研究明白，再提出保證……

「人都被氣壞了，他們竟不相信我是好人！」她慢下腳步，和他並肩走著，左手伸向他。說：「你看，我臉丟得太大了。」

他的臉比她丟得還要大，他將無法見人了；如果她真是那樣……這問題一定要解決，他想。最好是明天或者後天，他要和她徹底談一談，然後——但他覺得無法忍耐得那樣久，現在他已對她發生厭惡，不願和她走在一道，還能等到明天、後天？

看到她的手伸來，他故意把右手伸入褲旁插袋。「我也不相信妳！」他說，冷冷地。

「你也不相信我？」她尖叫，側轉臉看他，左臂圍繞他的腰。「我知道，那不是真的。不要開玩笑了。你一定會信任我，在警員面前，你就這樣說——」

背後汽車喇叭叫，車前燈衝射在他們身上，他知道已踏在快車道上。抓著她的胳膊，推向路側。汽車挨在他身旁，「嘟」的駛走。

「在警員面前，」他冷笑著說：「那是為了我們的面子。一個人為了顧全面子，往往不說真話，現在我就要說真話了。」

她站住，駭異地看他。摸出黑手皮包中的花手帕揉眼睛。路燈光在她褪色的臉上跳動，眼圈兒紅潤，淚珠滾出。

「就為了這……這意外的事，你就不信任我？」

「當然不是，」他答。「妳能告訴我：上個禮拜天下午和前天晚上，妳做些什麼？」

「那……那是——我姑母知道的。」她結巴地說：「你為什麼要這樣逼我？難道我就不能有一點點祕密？」

走在前面的姑母，見他們停下。轉回嚷道：「走啊，餓著肚子談話，不會有好結果的。」

現在看到他的姑母，也感到有氣。談戀愛時，她姑母的姪兒潘松硬纏著她。他花了很多時間和心血，才把她從潘松手中奪回；訂婚後，她又和姑母在一起做……姑母當

然會知道的。姑母也會替她辯護、證明，像他在警員面前所說的一樣，他再做第二次傻瓜。他沒有理她姑母，眼仍盯著她。提左腿，鞋尖連續點擊光滑的柏油路，像警員用原子筆敲桌面。「妳可以有祕密的，」他說，手掌伸在她面前。「請妳把手上的戒指還我！」

「啊——」她叫著，縮回手臂，像他要搶她戒指似的。「你以前說過，你已完全了解我、信任我、愛我……那些都不是真的？」眼淚滾動著、話聲抽噎著。

這是不久以前求婚時說的話，現在想起卻有隔世的感覺。他怎能愛一個不忠於自己的女人呢？「過去的事不用提了，」他說，手掌像蒲扇，仍平伸在她胸前。「我們只談現在，現在是我們最好的分手時候。」

她愣對著他半刻，像不知道該怎麼辦。突然打開手皮包，在紅絲絨綑著的一疊信件中，抽出一封遞在他手內。說：

「現在該拿信給你看了。」

他看完才知道，那是潘松約她會談的信。他計算日期，正是上禮拜天的下午。接著她又塞給他一張綠色紙條，上面寫著：「昨晚，有要事，未能赴約。明日下午，請妳將全部信件，送往妳姑母家中……」又是潘松的簽名。現在他已完全明白了；她是送潘松的信到姑母家，惹上警員的麻煩。

他遞信給她，順手抓起她捏信的手輕搖著，歉疚地說：

「我！我太糊塗，妳不會怪我吧？」

她摔脫他的手，把信塞進手皮包。將皮包夾在左脅下，抹脫手上的戒措，擎在他眼前，學著他說話的語氣：「現在是我們最好的分手時候！」

他瞪視戒指在燈光閃爍，不敢眨眼。只聽到賣餛飩的竹梆聲，敲在拉長的汽車喇叭聲中。戒指已塞進他的右手，她右手划了一個弧形，昂頭掉轉身「得得」地走了。

她姑母也跟在她身後，走了三步，又回過頭，擠著眼對他說：「你看，她的氣生得可大了。你要當心哪，明天再來，帶點她喜歡的東西，還要準備一點好話……」

風捲起路上一張白紙，在他腳畔跳動，發出「嗤嗤」聲，像是在嘲弄他的猜忌、無能；接著便被一陣更大的風擄跑了。他倚在電桿上，看著慢慢縮小的她們的背影，他問自己：「明天要帶一束鮮花，再重新說……？」

——原載《中華副刊》

相親宴

何萬福已覺得客廳裡面的人太多了，煙霧迷濛，語聲喧譁，但主人又站了起來，面對著走進來的客人，向他介紹道：「這是周議員，這是胡總經理！」

他只好迅速地立起，彎腰鞠躬，連聲說：「久仰，久仰！」

胡總經理身材很高，體態很胖，直著腰握了他的手一下，眼看著主人說：「不錯，不錯。年輕有為——」

周議員上下打量他，接著話題：「年輕英俊，郎才女貌……」

突地爆發了一陣哄笑。笑聲把周議員的詼諧話蓋住了。但何萬福的面頰燙得更厲害了。他早已曉得參加這相親宴，一定很尷尬，無數的客人，都會用搜索、新奇的目光來觀察他、研究他。他能應付得體，獲得所有客人——包括舅公、姑丈、姨媽、區長、局長……的滿意，才會和鮑穎香談婚嫁問題。不然，他和她三年間建立起來的友誼和感情，就要全部拋棄了。

現在他還是這家庭第一次見面的客人，這位議員說出如此的話，眾人都感到很好笑，他只有承認周議員的歌頌了。

「謝謝周議員的誇獎，」他說：「請坐，請坐。」

接著又來了三位客人，一位是百貨店老闆，一位是銀樓的小開，最後來的是穎香的弟弟的英文家庭教師。

每個新進來的客人，都要問他在哪個學校畢業，現時在哪兒工作？家中有些什麼人？他真有點後悔：沒有把自己的履歷表，用一張紅紙寫好掛在牆上，那樣就不會有這許多次重複的問話了。

他突然感到奇怪：穎香為什麼不出來？他來到這兒，是接受她的請求，因為她說，她的父母希望見到他；她的父母對他滿意了，他們才可以繼續來往。現在他來了而她卻不出來，這便足以表示她家庭對他不滿意？

胡總經理問：「你在學校和穎香是同班？」

「不是，」他說：「我比她高兩班。」

「那麼你們怎樣認識的？」

這樣問法更不像話。他想，那不是像結婚典禮時報告戀愛經過嗎？結婚典禮中可以裝糊塗，現在就不能不回答。客廳中那些客人，像都很關心這個問題哩！

「在……在籃球賽中認識的。」他囁嚅地說：「因為我是校隊的隊員，有一次和他校比賽，我被撞倒在地上，被擡出球場。穎香是本校的啦啦隊，她替我包紮傷口，所以，所以就認識啦！」

「唔，唔！難得，難得。」總經理把煙斗抽得嗤嗤響，「人家都說：四肢發達，頭腦簡單。我看你身體倒很結實，頭腦嘛——」

總經理顛簸著腦袋，咂咂嘴唇。天下哪有這樣當面侮辱別人的道理，也不知道這是什麼樣的總經理，全部資本額是五百元還是一千元？他真想辱罵他一頓；但為了穎香，必須忍受。

「那是一般人的偏見，」他說：「我在球場上訓練四肢，在課堂上、圖書館內訓練頭腦；所以頭腦雖然不太靈巧，但也不會太愚笨。」

「好！」

客廳裡響起叫好聲和鼓掌聲，總算把這場對話遮蓋過去。主人接著請客人入席，大家又鬧烘烘的讓座，很快就忘記這不愉快的場面了。

酒席分兩桌，不知是有心還是故意，議員和總經理都沒有和他同席。他左旁是英文教師，右邊是郵政局長，對面就是穎香的父親。

李局長是一位籃球迷，年輕時也喜歡打球，現在有精采的球賽，他還是場場觀戰。他可以背得出名牌球員的身高、體重和年齡，能夠指出一流球隊的優點和缺點。他現在雖然四十五歲了，下班後、星期假日，還拿著籃球和年輕小夥子在一起「鬥牛」。

他們談得很投機。左旁的英文教師不時插進來說一二句英語，看樣子是想急於考一考他，讓對面的主人了解未來女婿的英文程度。

為了滿足他們的慾望，所以他就掉轉頭和英文教師攀談。他和黃老師談學生、談教學經驗、談文學。儘管黃老師念的是英國文學，但對文學卻是非常外行。對文學的流派和新的文藝思潮知道得很少，僅知道怎樣教學生背誦動詞變化、形容詞比較、關係代名詞的用法……

於是，他講了一個笑話。

他說：「我現在服務的機關首長，非常重視所有職員進修英文。」

「有一天，在動員月會上，」何萬福停頓了一下，接著說：「我們這位長官，大發脾氣，對大家說：有些人英文基礎不好，也不懂得學習，下了班沒有事只曉得逛馬路、打牌、跳舞、看電視；有些人連英文二十八個字母都認不全……」

大家都哈哈大笑，英文老師也跟著笑了起來。黃老師可能不知道是在諷刺他，這種頗有「自得其樂」的阿Q精神，真令人好笑。

在言談方面，他自己認為應付得不錯；但在吃酒方面，就不能得心應手了。這固然由於他的酒量太小；同時全桌的客人，把目標集中在他身上，都要和他對飲，所以在散席後，他就覺得頭有點暈眩，兩腿也感到鬆軟無力。

客人陸續辭去，他也無法再留在鮑家客廳，所以他也向主人告辭。但他很希望能見到穎香。為什麼她一直躲在後面不出來？如果她能送他出門，送他上車就好了。他突然之間感到很孤單，感到很受委屈，穎香是該出來安慰他的。他們是同學、是朋友、是馬

上就論婚嫁的愛人，為什麼要避著他？

他夾在許多賓客間辭退，主人送出大門。跨出門檻，內心嘆了一口氣，緊張的情緒才鬆弛下來。忽然，他聽到叫喊聲：「來啦！來啦！看哪……」

何萬福站住，打了一個冷顫。門前圍繞了很多男男女女、大人小孩。他們對著他指手畫腳，目光全集中在他身上，口裡不斷的批評他：

「頭髮的樣子好難看！」

「皮鞋的跟都給磨平了，沒有錢買新的？」

「上衣太長，褲腳管太窄！」

「……」

他看到每個人的臉形歪曲，手腳、身體在晃蕩，房屋和街道旋轉起伏。他覺得自己快要暈倒了。穎香為什麼不出來送他？有她扶著就好了。他們不該這樣攔住他，當面侮辱他，主人為什麼不加以阻止？難道願意他在眾人面前下不了台。氣塞在喉頭，胃中的酒菜在翻騰，他覺得要嘔吐。「你們一直瞧著我幹什麼？」他左臂揮舞，右手的食指指著自己的鼻尖，圓睜著雙眼，額角的筋絡在猛烈跳躍。他不由自主地大聲罵道：「你們不認得老祖宗？要老祖宗教訓你們一頓才好過？」

「噢——」

大家嘻笑地得意地散了，他僵立在街心，感到非常疲乏。掉轉頭看到主人失望地愣

視著他。當他們的目光相觸時，主人迅速轉身，猛烈地關響大門。

他拖著不穩重的步子，歪歪斜斜地向前走去。

——原載《世界畫刊》一二一期

分期付款

胡二牽著牛懶懶地走著。駝背的老爹提著長煙桿橫過廣場，迎向路口，大聲問：「為什麼又牽回來？」

胡二甩一下頭，硬著頸子說：「不賣了！」

「你這毛頭小夥子，討老婆能賭氣？」陳老爹用力揮著旱煙管，發出「嗚嗚」的嘶聲。「今天晚上再不送聘金去，阿花就是汪三禿子的人了。」

阿花是前村的姑娘，他請陳老爹說媒，她的爸爸已答應將她嫁給他。可是，聘金要三萬塊，他正想把牛賣掉，湊齊聘金。誰知買牛的人，曉得他有急用，都拚命的「殺」價。所以他又把牛牽了回來。

「好吧！」胡二不屑地說：「讓她嫁給汪三禿子好啦！汪三禿子也會給她爸爸三萬？」

「你怎麼知道汪三禿子不肯出錢？」

「這還用說，」牛已站在廣場上，胡二站在牛頭旁，摸著牛的耳朵。「汪三禿子是有名的吝嗇鬼，我這條世界上最好的牛，要值二萬六，他連二萬都不肯出。」

陳老爹走近了他，故意把腰挺一挺，像扳直了腰，就可以和胡二一般高。「你真是個傻瓜！」他說：「女人要比牛寶貴得多，他買牛殺價，買女人就肯花大錢了。他的聘金是五萬！」

「啊！啊！他搶購……」

「還有，」陳老爹接著說，用旱煙管敲著牛角尖。「他知道你為什麼要賣牛嗎？」

「當然知道。」

「這就對嘍！」陳老爹笑著，旱煙管揮舞著。「他不買你的牛，你就無法交聘金。那時，阿花就是他的了。」

胡二突然有一種被愚弄的感覺，鼻腔內有點酸溜溜的。氣彷彿塞住了喉管，呼吸也感到困難。

「阿花有什麼了不起，」胡二賭氣地說，「她長得一點都不好看，矮矮的、黑黑的，拌在煤炭堆裡，要找半天，才能撿出來，讓她『賣』給汪三禿子好啦。」

「好，好。你這毛頭小夥子，吃不到葡萄，就說葡萄酸。」陳老爹退後一步，用旱煙管指著他的鼻尖，說：「以前哪，一天到我家五次央我說媒，現在成功了，倒推三阻四起來。現在我不管，」他扭頭看一看快要落山的太陽，說：「到晚上八點，再不拿錢來，就回斷吳老頭，他要把阿花怎麼辦就怎麼辦了。」

陳老爹的旱煙管一路點著地走了。胡二抓著牛繩呆立在廣場上，牛繞著他慢慢轉圈子。

他怎麼辦呢？要阿花，還是要牛？留下了牛，阿花就是別人的了。如果為了阿花，賣掉和他三年朝夕不離的牛，實在太可惜。他現在已有一萬塊錢，再有二年時間，他就會湊齊。那時，他才三十歲，結婚還不算太遲。沒有阿花，他已生活到現在；沒有牛，他就無法幫助別人耕田了。為什麼一定要為了那個醜八怪的阿花，賣掉心愛的牛呢。

於是，他牽著牛向牛棚走去。接近牛棚時，他忽然想起賣牛時汪三禿子講的話：「什麼時候請吃喜酒？」他回答：「快了。」汪三禿子哈哈笑出聲來，嘲弄地說：「快了？什麼時候？不要忘記請我啦……！」

當時，他不知道吳老頭要把阿花嫁給他，所以沒有覺察汪三禿子話中的諷刺意味。現在想起，他不是明明在笑他賣不掉牛就無法娶阿花嗎？

使他感到難於忍受的，並不是他自己不能娶太太；而是快要做他太太的阿花，居然會跟那年近四十、滿頭癩疤的汪三禿子生活在一起；那樣，人們定會嘲弄他沒有本領，討太太失敗在汪三禿子手中！

他僵立在牛棚前。牛正低著頭用角尖輕輕劃擦著他的腰身，像是催促他快點把牠牽到牛欄去吃草似的。

為什麼一定要把牛賣給汪三禿子呢？前村的李老四，也說過要買牛；價錢低一點有什麼要緊。為了討老婆，總要吃一點虧的。

他掉轉身，就想把牛牽回頭。但牛想進牛棚賴著不肯走，他揚起手中的繩，裝作要鞭打牠的樣子。牛除了感到主人的舉動奇怪以外，也就服貼地跟著他走了。

他和牛又走在路上。

走著走著，快要到前村了。忽然，他看到前面來了一個女孩，紅上衣、白底大藍花的裙子，裙邊擺呀的，愈走愈近。「啊！」他內心驚叫起來，那不是阿花嗎？

他的臉感到火辣辣的。從陳老爹說媒以後，他總是想辦法避免與她見面談話。想不到會在此時此刻碰到她。如果這時他不牽著牛，走旁邊的岔路就可以避開她。但那岔路太窄，牛無法通過，他只好硬著頭皮向前打招呼。

「阿花，好哇。」他的視線盯在她的眼上，覺得她的眼睛很大，眼珠很亮。比剛才想到她時，要好看得多。

阿花點點頭，背轉身避開他的目光。她轉身時，花裙子的邊旋裹在她赤裸的小腿上。

「你去哪裡？」她問。

「去賣牛啊！」

「賣牛？」她又轉過身來看著他。「牛賣了，你怎麼做活？」

他嘆了一口氣，說：「那沒有辦法啦，為了……」他沒有說下去，覺得在阿花面前提這問題，是很難為情的。阿花也沒有追問，像也懂他為什麼要賣牛了。

片刻後，阿花說：「我有……有話，要和你一個人談。」

的。」

他愣了一下，側轉身撫摸著牛頭。「妳說吧，我這條牛很老實，是不喜歡多管閒事

阿花的頸子扭了半天。說：「我爸爸……汪三禿……」

「那太好了，」他胸中的怒火又升起來了。「汪三禿子很有錢哩！」

她白了他一眼。「我們村上的張先生說，我可以自己做主，我已經有二十歲了。所以……」她低頭看自己腳上的花木屐。結巴地說：「先到你……家裡，等你的錢齊了以後，我們再……」

他一下子就想把她抱起放在牛背上；然後再把牛扛在自己的肩上。但他終於忍住了，只是輕輕地說：「那太好了，妳跟我回去吧！」

陳老爹又攔在路口嚷道：「毛頭小夥子，又牽回來了，你——」當他看到阿花跟在牛後，說：「究竟是怎麼一回事？」

胡二把牛繩拋給牛後的阿花，跑到陳老爹的面前，拿出上衣口袋內的一萬塊錢，塞在陳老爹的手裡：「請你和吳老頭說，還有二萬，我和阿花會……會分期付款——回來時，請到我們家裡吃一杯喜酒。」

「分期付款！」陳老爹眼看著他們牽著牛走向牛棚。獨自的說：「毛頭小夥子的花樣真多哩！」

——原載《中華副刊》

第一課

拿起國文課本走向教室時，我的心沉重起來。起初我覺得教書是委屈了自己，但這時卻懷疑自己拿什麼去教學生了。在學校念書時，我讀各門功課都很馬虎，現在是轉賣學問，就要憑自己真本領了。

終於硬著頭皮順著走廊向前走。走到高中部的教室門前時，那些學生見到我忽然口哨聲四起，使我感到又氣又急。學生對老師如此的不恭敬，成何體統？我真有點怪學校當局了，為什麼不把我這新來的老師，在大的集會裡先向全體學生介紹？我想：我的身材又瘦又小，在學生眼中，一定是沒有老師樣子。幸虧我今天還換上樸素端莊的女性服裝，不然，他們更不把我當老師看待了。

前面是初中男生的教室，他們見到我都瞪大眼睛瞧，像是在說：這樣的人，也配做老師？我邊走邊提醒自己，這是我的神經過敏。相信任何新老師走過這裡，他們都會有同樣的目光的。他們只是喜歡新奇啊！

好了，終於走到我上課的教室了，這班全是女生。

踏進門，很大的「起立」聲，嚇了我一跳，當然，這聲音並不很大，只是我的心情

太緊張，受不住一點兒刺激。

誰知道班長接著就喊「敬禮」的口令，這真糟透了，我過了四年不懂規矩的大學生活，早將中學時代的上課禮節忘了。這有什麼麼辦法呢？只好再向大家回了一個禮。雖然我虧了本，但大家還是安靜的坐下，只有極少數的學生嘴角上浮起笑意。我想，她們是剛踏進中學的學生，認為這裡的老師禮貌比較多些；如果知道我是這樣的慌急，一定要嘩然大笑了。

本來，我已想妥對初次見面學生所講的演說詞，預備先把自己求學經驗和心得「吹噓」一番，然後再告訴她們：怎樣讀書、怎樣做人的大道理。但這時站在講台前，見大家呆呆地瞪著我，卻什麼話都不想講了，僅抓起粉筆在黑板上寫了自己的名字。

準備講書了，但想起自己的名字老是留在黑板上，也不太不像話。便拿著黑板擦去抹。名字還沒有擦完，全體學生都哄笑起來。

我倏地旋轉身嚴肅地瞪著她們。這是有教書經驗的人告訴我的制止學生嬉笑的方法。但這並不十分有效，嘩笑聲雖然降低了，但低語聲還是繼續著，像雷雨時大雨點在水塘裡翻滾。

我有點光火。「為什麼要吵鬧？」

停了片刻，一個學生站起來，說：「老師的黑板擦拿反了。」

低頭一看，臉上的血管馬上被血脹滿。可不是嗎？我正用黑板擦背面的硬帆布去擦黑板，難怪學生要笑我了。我真想立刻逃出教室，不願再受學生的嘲笑了。只有幾分鐘的時間，已鬧出這麼多的笑話，繼續下去我能受得了嗎？我相信我做任何職業，都不會像教書這樣丟臉，為什麼一定要吃這碗難吃的飯呢？

可是，我在上課時逃出教室，學生們一定會嘩笑地擁繞著我到辦公室；就是我能向校長摜掉「紗帽」，回到家裡，笑話也傳遍全鎮了。這是我居住的地方啊！我曾經輕視這教書工作，現在如果是這樣的下場，還有勇氣做其他的事嗎？最起碼我也應該教完這節課。再說，黑板擦拿錯了，並不是一件了不起的事；這黑板擦用舊了，絨布已飛裂，正反面實在很難分清，並不是我沒有見過黑板擦呀！

「坐下。」我對那站著的學生說。把黑板擦甩在講台上，打開了書，高聲念道：「第一課：立志做大事——」我開始講課了。

謝謝天，下課鈴終於響了，我和其他的老師一樣，抓著書本輕鬆地跨出教室。我已上完第一課了。

——原載《中央副刊》

神經病

衛生所的邱所長，開完聯席會議，走到自家門口，郵差遞給他一封信。

本來，他想坐在客廳內沙發上，一邊休息，一邊看信。開會的時間太長，他感到疲累了。但他的目光掠過手中信封時，見信面的字跡凌亂歪斜，他的朋友似乎沒有人寫得這樣壞的字；而且信封的左下角沒有發信人的姓名，只有「本鎮寄」三個字。鎮市不大，誰有話不好當面對他講，要寫信給他呢？

撕開信口，抽出摺成四方的一張紙，上面寫著：

陸醫師和你太太的事，你知道嗎？你不能再這樣裝傻瓜了……

他咬著牙，雙手把信封信紙緊捏成一團。立即感到氣塞住胸腔和喉管。他呆立在門前，陽光從他頭頂罩下，他看到自己的身影在門內晃蕩。

這件事來得太突然了，他得好好的想一想。秀苑做出對不起他的事，這使他怎能忍受？他們結婚已七年，他相信自己對她不錯，居然她會這樣對待他，這叫他怎麼做人。

「好吧！」他恨恨地對自己説，把信摺好仍裝在信封裡，塞在褲旁的插袋內。

他大步跨進院子，踏進客廳。脱去上衣，摔在沙發上。他用力過猛，上衣的袖子套住圓形茶几上的一隻玻璃杯。玻璃杯跟著跌翻在光滑的水泥地上。

「嘩啦」一聲，玻璃碎屑飛濺。他毫不理會，用力把自己摜在一張兩用的長沙發上。

走廊內有一陣碎步聲。他知道那是他太太從廚房內過來了。他故意扭著脖頸，瞪視著牆上的一隻掛鐘。但他並沒有看時間，只是想著該如何的問她，她會怎樣為自己辯護。然後他再把這封信摔在她臉上。在她看信時，他要研究、觀察她的臉色和動作……

「你回來了，」太太看看他的臉，又看看地下的玻璃杯。説：「怎麼一回事？你開會又和別人吵嘴了？」

他沒有理她。他真不願意理她了。只要把這事弄明白，他就和她離婚。七年來，她一直沒有生小孩。經檢查後，她很健全，難道是他出了毛病？但他的一切很正常啊！他自己是醫生還不知道嗎？

生不生小孩，是另外一回事。他想，一定要討一個對自己忠實的太太……

「我早就告訴過你了，這種年頭，」他太太見他沒有回答，以為是她的話講對了，便接著説下去。「要少講話，多忍耐——」

「多忍耐！」他的腰一挺，上身向前一衝，抓起茶几上的另一隻茶杯，就要向她的

臉上砸去。砸破她的臉，看她還做不做無恥的事？男人對於任何事都可以忍耐，唯有這件事，哼！絕不能放鬆，一定要追究到底。但他立即想起，現在還沒有把事實的真相弄明白，在沒有確實證據以前，還是忍耐一點的好。

「煩死了！」他說，把茶杯摜在一堆碎玻璃旁。

心頭的氣似乎消去了一些。他從沒有發過這麼大的脾氣，這樣，她該知道他並不像她所想的那樣忠厚老實，而去做那些……他的心又躁亂起來。無論如何他都想不到陸志强會做出對不起朋友的事——陸志强也是有太太的人啊！因為陸志强有太太，所以他才讓秀苑早晚跟著他跑。不管是到病房，深夜的急診，或是鄉下看病。因為她是護士，對於用藥、收款都很內行，他雖在家裡，也可以完全放心。但現在卻出了這樣丟臉的事……

「我真看不慣，」她眼看著破玻璃杯，說：「你在外面受了氣，回家就發神經病——」

「神經病？」他尖叫著。

「當然嘍，」她說：「你就和病房的那個神經病差不多！」

他瞧著她冷笑。他想，她這樣做，他真要發神經病了。病房裡那個病人，就是因為太太背棄了他，他才發神經病，用菜刀割掉自己大腿上的一大塊肉。在這裡把外傷治好，就要送神經病院了。現在那病人，還是每天不斷的寫信給逃走的太太。他覺得那患

神經病的人太痴情了。對於不貞的女人，還有什麼值得留戀的呢？

可是，他的太太也是不貞的女人啊，為什麼自己一直被蒙在鼓裡？昨天晚上，在房間內，他在她身後抱著她，還在她耳畔說，他和剛結婚時的一樣愛她。而她也承認同樣的愛他，誰知她在說這話時，內心怎樣的在笑他是個大傻瓜哩！

他太太已走在他對面，他不想看她的臉。她臉上所有的線和點，閉著眼他都能描繪出來。他從她的頭頂看過去，白綢的窗帷，在輕風中輕佻地扭捏；遠處正傳來火車的嘶叫聲。他想，站在他面前的是他太太，而她的心卻不知道飛有多遠。為什麼他一直沒有發覺呢？如早點發覺，傻瓜就不會當這麼久了。

他想起來了。在家中燒飯、洗衣的女工梅月，一定會看出他們鬼祟的行為，只要他在背後盤問一下，梅月就會全部說出來。那樣，一切的疑團都可以消釋。該怎麼做，他就要怎麼做了。

突地站起身，他要進廚房去找梅月，但走到門口，就想起剛才在回家的路上看到梅月是向病房那邊走去的。這個不到二十歲的小女孩，現在正和那病房內打雜的男工阿成談情說愛，成天就向病房跑。每人都有談情說愛的自由，但不要　誤正事就好。他想，等到他和太太的事解決以後，要好好的教訓他們一頓。

他現在有這封信在懷內，等於自己的心被別人挖了一個洞，片刻都不能忍耐了，什麼時候才能見到梅月呢？於是，折轉身軀便把袋中的信抓出擲在她的臉上。

「妳看……這封信！」他說。但信封沒有到達她身旁，就跌落在地上。

她不屑地看了一眼，說：「我才不要看你那些怪朋友寫的怪信！」

「怪朋友！」他想，他還不知道信是誰寫的呢，現在他才記得這封信還沒看完。但不看完和不知是誰寫的都沒有關係，只要證明有沒有這件事實。

他彎腰撿起信，擎在她的眼前說：「妳一定要看！」

院子內似有人走動，他不希望客人來打擾這場面。幸虧進來的是梅月。

「啊，茶杯……」梅月猛擡頭，看到主人手中的信，說：「這信……是我——」

他猛地縮回拿信的手，厲聲地說：「是妳寫的！」

「不，不……」她結巴地說。「昨天晚上十一點鐘，我在病房，那神經病給我……不是啊，我沒有去病房——」

「管妳去不去病房！」他逼近她怒吼著。「他怎麼樣？」

「他給我兩封信，要我丟到郵筒，一封寄給他太太，一封是寄給……給你——」

他輕噓一口氣，連忙將信往褲旁插袋亂塞。他知道太太在看他，他不敢正視她，因他覺得羞恥，感到有罪。

「還站在這兒幹什麼？」他對梅月瞪眼：「快拿掃把來——」

梅月掉轉身走了。他太太伸手向他要信。「到底是怎麼一回事？」她問。

「沒有事，沒有事。」他用兩隻空手拍拍大腿，接著走到她身後，抱著她，輕聲

問：「妳愛我嗎？」

「幹什麼？青天白日的。」太太擺動身體，掙脫了他。「你真是神經病！」

他臉一紅，向身後的長沙發上一倒，兩隻小腿掛在沙發的扶手上，前後擺動，說：

「好吧，我就是神經病。」

——原載《中華副刊》

老與小

王老太太搬一張長方形矮竹凳，坐在門旁，向遠處的來路上看去。她一再告訴自己，她不是等麗芝，只是空著沒有事在此乘涼。

麗芝是他十九歲的孫女兒，早晨為了梳頭的小事，和她煩了半天，她順手就給她一記耳光。麗芝頓腳哭著，又倒在牀上滾了很久，才恨恨地上班去了，到現在還沒有回來。

她回頭看掛在牆上的鬧鐘，已是六點，平常這時她已到家了，今天為什麼還看不到她影子，該不是出了什麼事吧？

她覺得煩躁、慌亂，想找一點事做做。於是她撐著膝蓋站起走向廚房，這是煮晚飯的時間了。

蹲在煤油爐旁，擰起燈心，她便想起爐中的油，中午已點完，現在必須去買油了。平時她懶得走路，總是麗芝跳跳蹦蹦的到小店去的，可是今天麗芝還沒回來，定要她自己去跑一趟了。

她從門後提起空煤油桶，走了二步，又摔在地上。現在她不想燒飯了，假使麗芝不回來，她怎吃得下飯？麗芝可能是因為和她賭氣，去投河自殺了！早晨她不是說過不想活下去了嗎？她腦中立刻浮現麗芝平躺在河岸旁的樣子，面色鐵青，肚皮脹大……

王老太太哆嗦一下，輕噓了一口氣。她很後悔自己有這想法，麗芝沒有爸媽，從五歲起，就是她一手撫養大的。現在她和麗芝，還有她的小兒子必誠三人同住在一起。必誠一直說她偏愛麗芝，她自己也覺得麗芝需要她的特別愛護，什麼事情都依順她。今天，打她一記耳光，她就會因此去尋短見嗎？

麗芝會回來的，她想。那可能是她的工作沒做完，留在辦公室加班了，以往也有過這情形的。

她從碗櫥頂上揀了一隻鳳梨罐頭，用開罐器慢慢打開，她拿竹筷將鳳梨夾在碗內，那是給麗芝吃的。麗芝最喜歡吃這酸酸甜甜的鳳梨汁，她將罐頭內的汁水，全部傾進玻璃杯，拿到前面屋中的茶几上。

麗芝雖是個小孩，但她的心眼兒特別緊，有時和祖母嘔氣，常常三兩天不和她講話。今天只要麗芝一進門，她就問：「妳要吃鳳梨汁嗎？」這樣，她高興得忘記早晨不愉快的事，彆扭就不會鬧下去了。

王老太太在屋中兜圈子，總覺得心裡像缺少點什麼似的。她嘆息自己年老了。六十二歲的年紀，已經老得使自己心裡擱不下一丁點兒事了。

她走到屋後院中，把晾在竹竿上曬乾的衣服，一件件收在自己的懷內，抱到前面房間的一張籐椅上。她搬過剛才擺在門旁的小竹凳，開始摺衣服。

門外有很重的腳步聲，她急忙掉轉頭，見是必誠回來了。

「天氣好熱啦！」必誠說，一邊脫下香港衫，摔在椅上，接著抓起茶几上的一把圓形白紙扇，呼呼地搧著。

必誠像把太陽和炎熱一齊帶進屋中，老太太身上突然浸了一身汗，她以為麗芝會和必誠一道回來的。他們二人的辦公地點很近，時常同去同回，今天為什麼他單獨回來呢？

她想她應該問必誠了。但他揮著扇子，揮著，揮到後面房間去了。她看到他對麗芝的事毫不關心，感到有點氣憤。他已三十歲了，還這樣不懂事故，他既知道麗芝和她吵嘴，就該帶她一道回來。現在他單獨回家，不提麗芝一個字，究竟是什麼意思呢？

「媽，為什麼還沒有燒飯？」必誠從後面跑來，猛拍著扇子。「我不是說過，週末要早點吃晚飯？」

「什麼，你責問我？」老太太光火了。「我是你的老媽子？要服侍周到，你可以討老婆，也可以僱女工……」

必誠碰了釘子，車轉身，伸一下舌頭，他不明白母親為什麼要發這麼大脾氣。這時才看到茶几上的鳳梨汁，便抓起玻璃杯，伸長頸子喝著。

老太太發了脾氣，心裡似乎鬆點，她又扯起衣服摺了；但覺得麗芝的問題還沒有解決，最好由必誠去找一找，看她到底是加班，還是出了什麼事……這樣想時，她便掉頭看必誠，見他正捧著那杯鳳梨汁。

「你要吃什麼東西，」老太太大聲說，「該先問一問是給誰吃的！」

必誠握著杯子，愣視著母親。「那是給誰吃的呢？」

當然，她不便將替麗芝預備的話告訴他，那麼他又要說她對孫女偏愛了。於是她說：「難道我就不能喝嗎？」

「這樣，」必誠帶著歉意說：「我去再買一罐來吧！」他一口氣喝乾了剩下的鳳梨汁，放下玻璃杯和扇子，抓起香港衫向身上套。

老太太手中正摺著麗芝的上衣，她忽然想起，今天早晨，麗芝在吵架後，衣服穿得特別漂亮，那是一襲連身的潔白綢衫，穿在她身上真像是一個小天使。她不要真的去尋短見吧？很多人在臨死的時候，都喜歡打扮得比平時更美的。

「必誠，」老太太輕聲地喊，語調裡充滿了情感。「你回來時，看到麗芝——」

「麗芝？我忘記告訴妳了。」必誠走向門口。「她和她的女同事去看電影了。」

老太太自己的臉感到一陣燙，但立刻就自然了。

「不要去買了，」她大聲說。「碗櫥頂上還有一罐，你去拿來吃吧！」

必誠又愣住，但馬上便明白了。

「媽，妳真好！」他說著便向後面跑去。

——原載《中華副刊》

脫險

胡清香從小街頂角，閃過「華美冰店」、「一品香菜館」、「東泉理髮店」；猛轉身，審視背後長長的碎石子街道，見沒有可疑的男男女女，才倏地踅進小巷，直衝進「幸福旅社」大門。

她喘了一口氣，把夾在右脅的皮包，換在左手上，已看清門側櫃台旁，癱坐一個胖男人，戴墨綠色太陽眼鏡，垂下腦殼，從鏡框上緣覷視她。坐在門旁茶綠色沙發上的中年女人和一位漂亮小姐，也直愣愣盯住她瞧。由頭到腳，再由高跟鞋到蓬蓬的髮絲，一寸寸都沒有放過。彷彿就要在眼光裡量她有多高，秤她有多重似的。怪嘍！她來這兒是錯了？難道她們都認為她不該來這旅社？她站在磨石子地面猶豫。確是不該輕易走進門的。如被熟人——丈夫的朋友、同事、鄰人見到，準會惹上不少麻煩。尤其在踏進門時，忘記察看巷子的那一頭，是不是有認識的人走過；但現在已嫌太遲，一切都成過去。

「請坐啊。」中年女人沒有站起身只是冷冷地說，而室中另無空位。

那漂亮的小姐，抿著嘴兒輕蔑地笑。在笑意裡，她覺得二人之間的距離一下子很近，但略一思索，又顯得非常遙遠。

「請坐。」戴太陽眼鏡的男人又補充一句。「請上樓坐。」看清了，櫃台旁有個又長又窄的水泥樓梯；急切間看不到最後一個梯階在何處，是何形狀。

她打開皮包，把摺成四方的一份日報，擎在半空晃了晃。「我是來應徵的。」胖男人反應不熱烈，只是隨便地哼了一聲；立刻把太陽眼鏡取下，再仔細地打量她。

她指著用眉筆畫起的一個小方框，不滿地問：「是不是你們這兒要招廚房打雜的女傭？」

「是，是。阿菊領這位小姐樓上坐，我一會兒來。」

中年女人的木板拖鞋，踢踢踏踏一級級爬高；她踮著鞋尖，一步步跟上去。穿過傴仄的甬道，在二〇一號房門前站住，那女人從腰帶內，掏出一串鑰匙，抽出一把打開後，讓她進去。

胡清香坐在牀頭小沙發上，覺得很怪。她不是來這兒住宿的客人，何必如此招待她；難道除了客房以外，就沒有談話的場所？

沒有時間思索；胖男人已吵吵嚷嚷進門，手裡拿著太陽眼鏡，大聲喊：「阿菊，倒茶啊！」

阿菊又踢踢拖拖跑出去，敲得水泥地面咯咯響。

「我就是這旅社的老闆。」胖男人一屁股坐在彈簧牀上，牀墊頻頻跳躍。「我們上午已找到人了……」

她倏地站起（既然找到人，當然用不著再談下去）；但老闆的手一揚，示意她坐下。

他說：「還有辦法好想。現在我要和妳商量幾個問題。」

沒缺額，還有什麼好談的？既然老闆這樣說，她不得不點頭。

「妳真的來做燒飯大師傅？」

這有什麼好懷疑的？把身上洋裝、外套和高跟鞋脫去，換上圍裙、木拖鞋，就是道地的燒飯婆。「當然，我是看到報紙——」

「那我知道。」老闆揮手顯得不耐煩。「我們這兒吃飯的人多，工作很忙。妳真吃得了苦？」

「當然，我能吃苦。」

老闆顧自搖頭。「鑽在灶房裡太委屈了妳，妳年輕漂亮。」那睜得圓圓的雙眼，像一把銳利的解剖刀，在她身上剝削、砍刺。

中年女人端著茶壺、茶盤進來接腔道：「妳真漂亮啊！」

她覺得又高興又害怕。他們已找到燒飯的女傭，還和她盡講這些幹麼？現在只希望

早點離開，再到另外的地方去求職業。

「如果留下妳來。」老闆揮著太陽鏡。「妳願意聽我們的話，接受我們的意見？」

這還用說。「端人家碗，服人家管。」除了點頭以外，就沒有動作好表示。

「妳來這兒工作，家裡人會同意？」

一支颼颼的冷箭，直射進心窩。偷偷地賭氣離開家，怎會徵求別人同意？如果知道她要出來賺錢維持生活，大家都要阻撓。但她不想談得那麼多，只是胡亂地點頭。

「妳家裡有些什麼人？」

「丈夫、孩子、婆婆……」

「他們知道妳來這兒工作？」

吵嘴後，丈夫仍抓起泛白的風衣，叼著煙捲，神氣活現地走出門。她抽噎著擦擦眼淚，無意中看到分類廣告「事求人」欄的小方塊，一遍、二遍……已全背熟了，再用眉筆圈起放進皮包，一口氣衝出門。任何人都不知道她往何處去。

胡清香搖頭。「我的行動絕對自由。」她又加了一句。「任何人都不能干涉我的一切。」

老闆拍響手掌，表示高興和信任。「這就好辦。妳留下吧！」

「你是說……僱我燒飯、打雜？」

「不錯。」他搖晃著鏡腳。「不過，妳暫時不要下廚房。」

不進廚房幹什麼？她不願做跑街的工作。買魚肉、蔬菜、味精、醬油……會碰到熟悉的人，那就無法留下去。

「我要躲在屋裡工作，不能拋頭露面。」

「當然。」老闆笑出聲。「我們會給妳一個舒服的住處，妳會生活得很好；如果妳願意，先住這房間。」

這真是想不到的優待。在旅社當女傭，有這樣的房間住。彈簧牀，長方玻璃裝在門外的衣櫥；有梳妝台，還有茶几、沙發。比她結婚時的新房還要整潔、堂皇。

「我願意，願意住這房間。」她突然想起一個最要緊的問題，沉吟了一會才問：「給我多少錢一個月？」

「看妳的工作情形再定——」老闆猶豫著。

「我會竭力的做，包管你滿意。最好，先給我訂個數目。」

「希望妳……妳能和我們合作。」

「當然，一定。」

「怕妳吃不了苦，受不了……？」

諒是看準她這身衣服，不像個做苦活的人，所以不肯出高薪。

「我脫去這身衣服，」她激動地說。「什麼事都能幹！」

「好，好！」老闆滿意地站起身。「就是這麼辦。每月先定六……六千塊，以後看

情形慢慢再加……」

天呀！想不到燒飯的工作，會拿這麼多薪水！未出嫁時用錢，得手心向上跟爸媽開口。結了婚更糟；丈夫駕駛計程車，錢是從一個個數字跳出來的；拿錢給她，也是一塊塊計算。平時把錢揣在懷裡，每天發固定的五十元菜金，多一文不給。有老人家，再加上兩個孩子；五個人用那麼少的錢買菜，當然不夠吃，爭吵算是白費。過年過節，用盡心機，才多給一千元。而今天，老闆的嘴巴一張，就是六千塊，可以過六次年節。從此以後，再不受丈夫的窩囊氣，要昂著頭走路、說話、做事……

老闆霍地站起，戴上綠色太陽鏡。「要錢用，可以預支。」他右手一揮，似乎下了一道命令。「妳先和阿菊談談！」

兩人像是約定的，老闆剛跨出門，阿菊就插身進來，笑嘻嘻地說：「恭喜啊，小姐。妳叫什麼名字啊？」

她聽不慣阿菊這腔調，但是老闆交代和她談談，不便繃緊臉皮，只好裝著笑臉把自己姓名告訴她。

阿菊把雙手舉在前面亂搖。「不好，不好，不好聽。客人不喜歡，該叫什麼『玫瑰』、『桃紅』，或是——」

「名字長在我身上，別人喜歡不喜歡，與我有什麼關係！」

「關係大得很哩！名字滑溜、順口，妳馬上就紅起來。」阿菊突然頓住，再上下打

量她。「妳該先借點錢，做幾件衣服。」

「我不想借錢，也不想馬上做衣服。」胡清香見老闆和阿菊的話，都是吞吞吐吐的，心裡突然懷疑起來。「談定了，我要回去拿工作時的便裝。」

「別性急。做個一年半載，賺一大筆錢，穿的戴的齊全了，神神氣氣坐汽車回家——」

她攔住阿菊話頭。「一年半載又能賺多少錢？」

「那要看妳的運氣和手段，」阿菊雙眼斜著看她。「如果妳有本領，大把大把的鈔票會滾進來。」

「誰給？」

「男人哪！」阿菊輕蔑地嗤了一個很重的鼻音，彷彿怪她不通竅、不懂事。「來這兒的客人，只要喜歡妳——」

「妳是說，我要陪客人……？」

阿菊跳起身拍響肥大的臀部。「明白了，妳真聰明。將來發了財，不要忘記我——」

腦中「嗡」地一聲，話全聽不見了。老闆和阿菊都不要妳進廚房燒飯、洗菜、升火爐；而是要妳出賣肉體、靈魂。所以願意給房間妳住，借錢給妳做衣服，出六千元的薪水。那樣可以為他們賺更多的錢。

她感到脊背上滲出冷汗，更像有細長的針尖猛刺著。她用摺成四方形的報紙左右搧動。這是個好機會——可以報復吝嗇、刻薄的丈夫，再不要伸手向他拿一塊一塊的硬幣。如果丈夫來看她，她會慷慨地送他一百或是兩百塊做路費和零用錢；再拿一百塊帶給兩個孩子買糖果；丈夫會縮著頸子回家；她要昂頭挺胸，在鄰人面前炫耀自己的新裝和漂亮的戒指、項鍊、耳環……

胡清香陡地打了個冷顫。真的有那一天，鄰人、丈夫、孩子們，還瞧得起她？人人將要對她唾罵、指責，在身後搗搗戳戳。在大家面前，永遠擡不起頭來，內心有無限的恥辱、痛苦、憎恨……身外穿戴得再漂亮、再華貴，能彌補心靈上的損失？如靠這方法賺大錢、發大財，也不划算。

「當然，我永遠不會忘記妳。」她抓著皮包硬挺挺地站起。「妳幫了我這樣大忙。」

阿菊驚詫地問：「妳去哪兒？」

「回家。」

「你該相信我的話。」阿菊雙手攔門，不讓她通過。「以往，有很多人像妳這樣，回家後就來不了，沒法賺錢，窮一輩子。妳還要上當！」

她對阿菊的熱心勸說，很表同情。「我必須回去拿身分證，才能在這兒居住。」

「啊——」阿菊痛惜地大叫。「妳該早想到這一點，把身分證帶來，現在誰都幫不

了妳的忙。」

撐起的膀臂已失望地垂下，她挨擠著肥胖的軀體衝出房門，一步步急踏著堅硬的水泥樓梯，還想把皮包內的身分證，抓起揚舞給阿菊看；但被坐在櫃台旁的老闆憤怒的聲音擋住。「誰叫妳下來的？」老闆拍著桌子怒吼。

「我自己。」

「阿菊呢？」

「她騙不了我。」胡清香也控制不住怒火，一口氣衝下樓梯，站在大門旁。「你也騙不了我！」她把捲成圓桶的報紙，拋向櫃台，但飛到半途便跌落地面。

老闆抓起綠色眼鏡戴上，聲調略顯緩和。「妳先上樓去，我們慢慢商量。」

「我們的話談完了，我要回家和丈夫商量。」胡清香踏出大門兩步，再回頭譏諷地說：「你們的壞主意，我知道了，再見！」

老闆朝坐在門旁的漂亮女孩說：「妳看！她會後悔的！」

她不想回頭辯駁，只是加快步伐，衝出這湫隘的短巷，踏上行人匆忙的街道。

——原載《台灣日報副刊》

悔悟

徐仲芬經過豎在門前的竹竿時，把掛在杈枝上的帆布書包取下。進了門，弟弟就問：「怎麼樣，借到了嗎？」

她感到一陣暈眩，心像被擰了一下，眼淚湧滿眼眶，但她還是忍住了，讓淚珠滾出來。

她把書包輕輕放在桌角，盡量使情緒平靜些。說：「舅舅不在家；伯伯答應想辦法……」她無法繼續說下去，因為她實在再不忍騙弟弟了。為了弟弟的學費，她已出去借了三天。今天是註冊的最後一天了，伯伯見到她就哭窮，說已借了二個月的薪水，伯母接著說今天買菜的錢還沒有想到辦法。她不知道伯伯家中是不是真的沒有錢，但這線希望已斷絕了。舅舅已離家二天，還不曉得什麼時候回來，回來會靠得住有錢嗎？沒有錢弟弟怎好去註冊？

「可是，我怎麼辦呢？」弟弟跳起來說。「同學他們都去學校了，我還待在家裡，媽媽不在家，妳就不管我的事——」

「好弟弟，別吵。」仲芬央求道：「你還不知道，媽媽病了，錢都花在打針和吃藥

上，沒有錢寄回來，所以……」

「妳騙人！」弟弟說：「為什麼妳不早點告訴我？」

現在，她的眼淚再也忍不住了，只好讓它痛快地流著。她怎麼告訴他呢？

他雖然十五歲了，但成天只知道玩。念初一的時候，留級一年，現在又是二年級的留級生。學校裡的警告、申誡、記過的處分通知單，不斷的寄到家中。在寒假期間，成天和一些不三不四的人，吵呀、罵呀、打呀……她不想管，也不敢管。媽媽再三的說：「他還小哩！當然不懂事，等到大了，就會守規矩的。」媽媽病了，還寫信回來教她不要告訴弟弟，怕他擔心。媽媽是那樣的愛他、寵他，他並不體諒母親的疼愛，告訴他有什麼用？

「為什麼我要騙你，」姊姊說：「媽媽不讓你知道，希望你能安心念書——可是，現在註冊的錢也借不到……」她沒有說完便抽噎起來。

弟弟愣愣地看著她一會兒，用腳跟拖著泥地，慢慢走近姊姊身旁，躬著腰問：「那麼妳呢？妳也不讀書了？」她用力搖頭。現在她真沒有心情想到自己的事。從爸爸死後，她就和媽媽擔負了維持家的責任。媽媽為了免得在親友面前丟臉，跑到離家四五百里路遠的城市去做女傭。她在一個商業職業學校夜間部讀書，白天在一家縫衣鋪裡幫忙。這樣才能使她和弟弟的讀書和生活維持下去。現在媽媽病了，要醫藥費用。媽媽心中只有弟弟，弟弟還沒有進學校，她怎能顧及自己的問題。

弟弟低頭在屋中轉著圈子，不時用白色球鞋猛踢著桌腿、門檻，像有無限心思。她從來沒看到弟弟有這樣認真的神氣。他平時總是對一切都表現出滿不在乎的樣子，現在不讓他念書，他就感到難過了，她想。

「妳會念書，書念得那樣好，不念太可惜了。」弟弟倚在方桌旁，兩臂抱在胸前，慢慢地說：「我不要念書了，我去擦皮鞋、送報紙、做臨時工……」

「快別說。」姊姊連搖著雙手，走近他，雙手扶在他肩上。「一切要聽媽媽的話，媽媽要你念書——你以前為什麼不好好念，惹媽媽生氣？」

弟弟離開姊姊身旁，又在屋中晃蕩。他說：「過去，是我錯了。我拿起書本，心就望外面跑，眼睛盯著書，腦子裡卻想到籃球場、電影院和許多同學——成績不及格，你們說我、罵我，我都裝聽不見。現在沒有錢繳學費，我更不好意思再念下去了。」

「不，不。」姊姊搶著說：「你一定要念，要好好地念。錢還要去借，我們不能讓媽媽在生病的時候受氣。」

她儘管這樣說，但心裡更焦急了。到何處去借錢呢？伯伯家不能再去了，裁縫店老闆娘，那臉孔特別難看，借不到錢，可能還會挨一頓臭罵。難道要到舅舅家中，等舅舅回來嗎？舅舅知道他們的事，回家以後，一定會趕來的。可是現在她怎樣去解決這困難呢？

她的目光隨著弟弟的腳步在移動，弟弟的腳踏在地上很重，像每步都產生了一個決

心。她覺得他已真正地悔悟了，這是多麼好的一件事啊！

忽然，她轉身迅速地走向門外。她要出去想辦法，向她所認識的每個人家去借錢，她要把她和弟弟的困難告訴他們，求他們幫助。她不能再隱瞞貧窮了，貧窮的本身並不可恥！他們的親友當中，一定還會有好人的。媽媽常說，社會上的好人，比壞人不知要多多少倍。她為什麼不出去試試呢？

「哎呀！」她驚叫起來。因為她低頭向外衝，幾乎撞在走向屋內的那人身上。她擡頭一看，便大叫道：「是伯伯，伯伯來了！」

伯伯在屋中，看看他們姊弟二人，然後輕聲地說：「妳走了，我就覺得後悔。妳爸爸去世，就應該我來幫助你們——」伯伯停下來，乾咳了一聲，像無法接下去的樣子。他的右手伸進上衣胸前的插袋，掏出一疊鈔票來，幽幽地說：「我和妳伯母商量好了，她也願意幫助你們解決困難。」伯父把鈔票擎在手中，姊姊沒有伸手去拿。因為她的眼淚又滔滔的滾下來。她掉轉頭看向弟弟，見到弟弟正朝伯父身旁跑去。一面跑、一面說：「伯伯，您真好！我一定要好好念書……」

忽然之間，她又想笑了。

——原載《中華副刊》

野風

一隻腳跨下公共汽車，她的心便像捏緊，神經也緊張起來。他又在左邊的馬路上等她了。

她從皮包中拿出手帕，按在額角，像撲去汗珠。但她知道自己並沒有流汗，只是焦急地想著應該如何應付他。她還要去上班哩，現在已是七點五十分了。

每天早晨上班時，總在這兒見到他。他們認識半年多了，但她還不知道他姓名。當然，她所謂認識，僅是指初次相見而言，他們沒有經過正式的介紹，是在路上認識的。

那是光復節的晚上，她和她的丈夫同去看煙火。街上有提燈會、童子軍大遊行。看熱鬧的人很多、很擠，大家像要把街道擠翻似地擁繞著流動。天空的星火在跳躍、在爆炸。他們由總統府廣場，被擁進新公園。園裡有音樂、舞蹈各種表演，還有許多猜燈謎的地方。她的丈夫雖和她走在一道，但東竄西跑，一會兒看表演，一會兒猜燈謎。她無法跟著他擠來擠去，便站在一旁等他。一次，她丈夫走進燈謎場，她站在旁邊等了很久，他還沒有來，便跟進去找他，當她再擠回原來的地方，還沒有見到她丈夫。她又氣又急，她想到他一定跑到另外地方去了，便任性走了開去。

離開時，她仍不斷的顧盼著，希望找到她的丈夫，但一眼看去，滿是人頭在燈光中閃動，她無法分清他們的面目，她怎能找到她的丈夫呢！她獨自走著，如這時她找著他，她一定會罵他一頓的。做丈夫的怎能在這最擁擠的場合拋開妻子，獨自去尋開心呢？

「妳找人嗎，小姐？」一個聲音在她身旁鑽了出來，她嚇了一跳，側轉頭見是一個中年男人，緊挨在她身旁走著。他的頭髮梳得很光，眼睛大大的，鼻頭上有一粒黑痣，其餘的特徵，她就不知道了，因她不敢再看下去。這使她想起，這陌生人已不知跟她多久了；她找他丈夫時，他一定也在她身後。她走在人叢中，當然不會察覺，現在她不想找她丈夫了，只是想趕快離開他。

「今天的人很擠，找人很困難。」他又補充著。她仍沒有理他，她為什麼要和他講話呢？她知道，如果她和他搭上一句話，他的話就不會斷了。本來他和她並肩走著，此刻，他已落在她身後了。她加快腳步找空隙向前鑽，希望趕快離開他的糾纏。她已走出新公園了，覺得身旁已沒有他的影子。她回頭一看，他正向她走來。她急忙掉頭向前走，她希望她的丈夫會出現，或是遇見什麼熟人，不然，她怎樣擇脫那陌生男人呢？

走了一段路，見一小女孩，賴在一個四五十歲的老婦人旁，哭著不肯走，那小孩大概只有三歲，她是想抱著看熱鬧的。她認為這是一個好機會，便上前抱起了她。「不要哭，」她指著店鋪前轉動的霓虹燈，「那多好玩！」

小孩想抱的目的達到了，便停止了哭聲，她和老婦人也談得很熟了，她們像是非常熟悉的樣子，不然就是一家人，那陌生男人才真的離開她了。

回家後，只埋怨了她丈夫一場，她並沒有將這陌生人的事告訴他。不然，他一定會說，街上來往的女人很多，為什麼他不跟別人，一定要釘著她。第二次再碰到他，她更不敢告訴丈夫了，那實在是怪她自己。

那是一個下午，她到戶政機關辦理戶籍轉移的手續，他們剛搬了家。這本來是她丈夫的事，但他一定要她去辦，因為她在學校裡上課是上午班，下午可不去學校。當然，這是他的藉口，她丈夫總是懶得向別人打交道，任何事情都依賴她。

在一個巷口，她正要轉彎進去，那陌生人從巷內走出。她見了他愣一下，接著便翹起嘴唇發出一個微笑。啊，糟了，她笑壞了。她走進巷內，那陌生人就回頭跟過來了。他和她一路嘮叨著，她都沒有理他。她心裡明白，她並不是喜歡他，她笑是因為覺得太巧了，在這兒又碰到他。他今天穿著一身天青色西裝，花領帶，黑色大衣，她看出他穿得很講究，說話很討人喜歡。他一定是個花花公子，她想。

在辦公廳裡，她盡量拖延辦理手續的時間，她希望出來得遲了，他會離開。可是她出門走了沒有多遠，又看到他走在前面了。她該坐三輪車，趕快走開，但他也會坐車跟著她的呀。坐公共汽車也不行，難道她要去找警察要求保護嗎？那太小題大作了。而且，他在路上走著，是不犯法的哩。最後，她走到一個熟悉的裁縫鋪，和老闆娘閒談了

半天，出來時，才沒有見到他。

她想她不會再見到他，就是再碰到他，她也會管束自己，不像以往有那樣傻的笑法了。但在一天早晨上班時，忽然在此處碰到了他，他向她打招呼，她竟和他點頭了。她知道，這是由於她前一晚和她丈夫吵嘴，她丈夫打她一記耳光，她將結婚照片撕了，蓋結婚證書用的一對雞心私章也摔碎了。所以她在次晨提前十分鐘上班，碰到那陌生人，就毫不考慮地和他點了頭。

以後，她就每天碰到他了。她知道他辦公的機關，和她的學校在一起，這是他散步的時間。現在，他已走近她了。「妳早！」他說：「我們已兩天沒有見面了！」

她仍低頭匆急地走著，她不能再理他了。前兩天他已和她說了不少話，因此她連著兩天遲些上班才避開了他。她也說不出自己是為了什麼，今天又按原來的時間上班了，但她堅定地告訴自己，絕對不回答他的話。

他和她並肩走著，她有著安全的感覺。因他比她要高一個頭。她已是很高了，她的丈夫只比她高半寸，所以她一直穿平底鞋，但和她丈夫走在一起，她仍像受了很多委屈。如和他生活在一起，她就該穿高跟鞋了，她想。他已對她說了很多話，但她都沒有聽到。

她為什麼要聽他的話呢，他講得嘰嘰咕咕，沒有她丈夫的音調純和，更不抑揚有度，她才不願和他講話哩！

「怎麼？」他側轉頭問：「今天妳連『不是、不要、沒有……』都不再說了嗎？」

這些否定的話，都是她以往對付他時用的。今天一句話不說，她也覺得過意不去。她丈夫昨晚打了一夜的牌，她在家整夜都沒睡好，現在她還很氣憤。她丈夫是經常打牌的。「你要我說什麼呢？」她問。她的眉毛向上飛了一下，她警告自己這是笑的表情。

「我們認識這麼久，」他說，「應該好好的談一談。今天晚上見面好嗎？」

「今天晚上？」她的耳朵像被他擰了一把，她記起離開家時，她丈夫再三叮嚀她早點回家，怎能和他去見面談話。她說：「我先生在家裡等我。」

「什麼？妳結婚了！」

她差不多快要嗤笑出來，但她竭力忍住。他真是個傻瓜，連結過婚的女人都看不出。當然，她自己也知道，她今年才二十五歲，別人都說她像個小娃娃，難怪他不明白了。

「妳騙我！」他愣視著她，脖子脹紅了。「結婚有多少時候？」

「兩年。」她倏然想起今天是他們的結婚紀念日，所以她丈夫囑她早點回家。在去年的今天，他們過得非常愉快，認為他們的生活很美滿也很幸福。可是近來，他們吵了幾次嘴，她發現他的缺點是愈來愈多了。

「為什麼不早點告訴我？」他說。

「你並沒有問我呀！」

「可是，妳的眼睛——」他搔著頭氣咻咻地說，「那是我看得懂的。」

她突然感到一種內疚。初次見到他時，她丈夫遠離開她，她心中充滿了憤懣。當時她有一種衝動，如果她碰到自己熟識的男人，他要求什麼，她便會答應什麼的。當時，只是她那樣想，她知道自己不會那麼做。所以當這陌生人纏著她，她並沒有厭惡的感覺，反而覺得有種報復性的快意，所以她就任他跟著她了。

「我們的相識，是種錯誤。」她說。但她隨即糾正自己，他們並沒有相識，她還不知道他的姓名哩！

「錯誤！」他重複說著。走了二步，他右腳猛踢開路面的一塊石子，那石子掉在路旁的水田上，激起幾道暈圓的水波，立刻平息了。

前面是十字路口，那是他們每天應分手的地方。

他們說完再見，都慢慢地走開了。

——原載《青年日報副刊》

網內

王平夫婦伴著他們的二十一歲女兒小霞，昨天晚上就來到番仔潭，住在王平的妹妹家裡。

住在番仔潭有兩個理由。第一，這兒是偏僻的鄉村，離火車站、汽車站都要走四個小時的路程，小霞就不容易出去；夫婦兩個看著女兒，就不會出岔子。因為小霞在家裡，結識一個窮光蛋的朋友。那男友是一個報僮——一面送報、一面讀書。小霞就在他送報到家中時認識的。

夫婦倆最初也不相信小霞會對那窮光蛋發生好感。小霞連考了二年大學，都沒考取，但她的眼界還很高，他們家對門的金飾店小開，花了三四年工夫追她，她都沒有理睬。王平覺得自己當一個小公務員，窮了一輩子，眼看著女兒就要出金入銀地做金店老闆娘，心裡也著實樂了一陣子。誰知小霞就是不答應。先還和那小開談天、說笑，玩在一起，後來索性就不理他了。他們夫婦倆都不知道是怎麼回事，一直到王平在馬路上見小霞和那報僮親密地挽著走在一起，才知道女兒這樣的不爭氣。夫妻曾費了很大力氣勸阻沒有用，近來她和那報僮差不多成天都在一起。聽說那報僮大學已念完了，最近要離

開這城市到遠地去做事。夫妻倆都怕女兒會跟著別人跑掉，所以才把她帶到鄉間，避避風頭。在離開家以前，他們都不動聲色，突然的就逼著小霞來了。

第二個理由，是小霞的姑母，知道王平為小霞的事煩惱，願意出點力幫忙。她要為小霞介紹一門親事，她說，包管小霞滿意。

所以在到達番仔潭以後，休息片刻，姑母便拉著小霞坐在身旁，對王平夫婦說：「我要告訴你們的，是一個了不起的人家。」

王平擠眉弄眼的催她快說，希望妹妹提起的這個人家，打動了小霞的心，拋棄那個窮光蛋，那麼真要謝天謝地了。

「你們知道嗎？」小霞的姑母用「你們」開頭，實際上是說給小霞一個人聽的，他們夫妻兩個早已聽過了。「他的父親在美國機關做事，英文好『棒』呀！」當然，姑母沒說明「他」是誰，但大家都知道那是小霞的結婚對象。夫妻倆都故意發出一聲驚訝的歎息，表示羨慕、敬佩。

「他的哥哥在台灣銀行做事，他的姊姊在台灣大學念書，」姑母繼續說，「他家在我們家附近就有三甲田、一座山，山上長滿了柑橘、檜木。你們看：他的家興旺不興旺？」

王平說：「啊！這人家真是有錢、有勢，那太好了。」

小霞的母親想了一想，問：「人家會瞧得起我們？我們家裡什麼都沒有呢！」

「這個嘛，包在我身上。」姑母拍著胸脯說：「他的媽媽託我做媒。我把小霞的聰明和漂亮告訴她以後……」

「好奇怪呀！」小霞突然站起身來，說：「你們談話，怎麼一下扯到我身上來；我和他們家有什麼關係？」

母親連忙喝阻：「小霞！妳也不小了，不要不懂事了，姑媽是一番好意，幫妳介紹——」

「姑媽的好意，我可管不著。」小霞搶著說：「但我還要問一句：他的爸爸、哥哥、姊姊都說了，他到底是做什麼的？」

「哎呀！妳這孩子真傻！」姑母笑了起來。「他家有那麼大的家產，手不動、腳不動，還愁妳吃的、穿的、用的？他在家裡啥事也沒做，長得又白又胖……」

「好啦！我已經知道嘍。」小霞說完，逛轉身就回到她睡覺的房內去了。

小霞離開後，他們三人商量了半天。認為小霞年輕不懂事，不曉得田地財產的重要，等到自己當家過日子，就會知道柴米油鹽的價值了。現在只要小霞不和那窮光蛋緊緊黏纏在一起，他們一致相信：小霞是會接受這門親事的。再說，小霞不答應也不要緊，除了他以外，單身的年輕男人到處都是，總比那送報生強多了。

第二天早晨，夫妻倆起牀以後，第一件事就是要帶著小霞察看那個人家的田地、山林和果樹園，這是根據昨天晚上最後的決議。他們認為小霞看到那些財產，可能就會心

甘情願了。

可是，他們等了很久。八點、九點都過去了，小霞還沒有開門出來。起先他們以為小霞昨天跑了很遠的路，一定是疲倦了，所以才起得很遲，不願去驚擾她。後來看看快到十點了，小霞的房裡，仍靜悄悄的，沒有一點動靜。王平實在等得不耐煩了，便走到她房門前，用彎起的中指骨節敲著門，喊道：「小霞，小霞，還不起牀？」

敲喊了半天，都沒有回音，他有點困惑起來。難道出了什麼事？但這念頭在腦中一閃就過去了，因為小霞住的是一間套房，緊靠著他們牆壁，小霞進出時，一定要走他們的房間，這也是經過他們的考慮才叫小霞這樣住的。小霞既然不會走出，又能出什麼事呢？他們用種種方法誘導她，沒有强迫她做她不願意做的事，她總不會自殺吧！

但他還是不放心，走出門外到小霞的窗前一看，就大叫起來：「小霞逃走了！」

原來小霞的窗外有一層方格鐵絲網，現在靠著窗緣撅起一大塊，小霞一定從生銹的鐵絲網內鑽出去了。這時小霞的母親和姑母都聞聲跑出來，圍在窗前。王平抓著腐朽的鐵絲網，用力拉著，網張得更大了，他從網下爬進窗內。他要在小霞的房中，找出一些線索，把她找回來。那時，他就要逼迫她，不讓她有那麼多自由了。

鑽進窗內，站在房中，才發覺窗台上用玻璃茶杯壓著一張長方形的紙條。他慌忙搶過來，顫抖地捧在手中，上面寫著：「爸媽：我走了。我不愛金錢，也不愛田地房產，只愛我喜歡的人。如果您們原諒我，我就會回來……」

王平擡起頭向窗外看去，只見她們姑嫂二人蠟黃的臉，被銹得斑剝的鐵絲網，切成許多整齊的方塊。他忽然覺得小霞已鑽出網外，自己卻深陷在網內無法自拔了。

——原載《中華副刊》

波瀾

孫文雨走出小飯店時，正下著濛濛雨。他擡頭看看天，讓雨絲飄落在滾燙的面龐上，心裡暗暗說道：「下吧！雨拚命的下大吧！」

他慢慢向前走，但兩腿軟軟的還不聽自己支配。他真的老了嗎？才喝了半瓶燒酒，就醉成這種樣子：頭昏昏的，雙腳畫著「十」字。他想，如果有一陣大雨澆在他身上，潑滅臉上和胸中的火，就不會這樣全身輕飄飄的了。在三五年前，他喝高粱兩瓶，也不曉得什麼叫醉；今天喝這麼一點酒，就有這種現象，一定與年紀大了有關。

他用左手拂著粗硬的頭髮，覺得髮梢上還迸出火星來。摸著頭髮就想到鏡中的自己：眼皮下彎曲的皺紋一條條地增加，鬢邊長滿白髮，正向頭頂蔓延。真老了，他已五十六歲。在小飯店裡，鄰桌上坐的同事老李，不是大聲叫他做「老童男子」嗎？

他對老李的譏諷，一點都不服氣。當時就反駁道：「你的話沒有一點兒根據，我現在很規矩，可是，可是以前非常荒唐啊！」

儘管他這樣說，老李還不相信。他真感到又悶、又惱，如同把悶氣和酒一道喝下似的，頭就跟著天花板旋轉。如不是早點避開老李喋喋的譏笑，他把那瓶燒酒喝完，絕對不走出飯店的門。

他現在的確很規矩。辦公室裡有個年輕的打字小姐，走出走進像一陣風也像一陣雨，不管是年紀大的（他避免說到年紀老的）還是年紀輕的同事，眼睛都跟著她的影子和聲音飄；可是他從來就沒有看她一眼。那是天鵝肉，看了有什麼用？他索性規規矩矩坐在桌上辦公、抽菸、看報紙，……他們就說他是偽君子，也有人說他不解風情，今天居然老李說他是童男子，這口冤枉氣怎麼出呢？轉過彎來，是一條小街，穿過街，跨上一條公路，沿公路走一會兒，就可到他的宿舍。平時他經過這段路時，像毫不費事就回到自己房間，今晚卻有點怪，似乎老在那街角打轉。路燈把他的影子放長，又慢慢的縮短。他現在心中不知道還離宿舍有多遠；倏地想起自己在飯店中對老李是撒了謊。他生活了五十多年，從來就沒有荒唐過。大家一直說他是老實人，他一向也以老實人自詡，今天卻被別人大大地嘲弄一番。難道時代變了，老實人已經無法生存了？他真感到有點傷心。

有一天，他的朋友硬勸他去開開眼界，他無法推辭，便和朋友一道去了。走進那地方才知道是一家咖啡廳。朋友幫他找來一位小姐，坐在他身畔。他當時面龐和身體全部發燒，不知道兩隻手該怎麼放？應該是坐著還是站著？朋友坐在對面用鼓勵的日光看著他，但他有什麼辦法呢？只好問她的姓名、住址、家中的人口……像一個法官審問犯人。她也夾緊兩隻腿，規規矩矩的坐在他身旁。他真看不出她和普通的良家婦女有什麼不同？他心裡想：她可能是一個店員、公車車掌，或者就是朋友認識的女友，他真怪朋友不預先跟他說明，使他無法應付。

他和她坐在一起，還沒到十分鐘，把他自己認為要說的話已全部說完，再也想不出有什麼話要說了。他和她僵僵地坐著，不說一句話。朋友仍用謎似的含笑的目光看著他。他的手心冷汗直流，全身肌肉緊張，覺得再這樣坐下去，就要得心臟病死去。他跑進盥洗室，用冷水沖洗自己的頭腦和雙手，認為情緒平靜了，才走回原來的座位。這時真使他大吃一驚：那小姐已偎依在他朋友的身上。他的朋友在她胸前、大腿上……東按西捏，她咯咯地笑，像是非常開心。見他來了，他們仍是那樣猥褻地擁在一起。他一方面佩服他的朋友「手段」高明；更佩服那個女人剛才在他身畔表演高貴的身分很像。

開過眼界以後，他逢人便說，他已過過荒唐的生活，對於女人是如何如何的內行。因為他已想像到在咖啡廳中的一幕，他的朋友就是他的化身，朋友所做的就和他自己做的一樣。他已能引起女人咯咯地笑，他的手曾放在女人身上……可是，今天老李為什麼要說他是童男子呢？

他倚在灰白色電線桿上，閉著眼睛養神。雨點的重量似乎加大了。他口渴、頭暈眩、腿發軟，真想立刻躺在自己的牀上。但今天好怪，像再也無法走回自己的宿舍。老李、打字小姐、咖啡女郎的面孔在他腦中晃動。在咖啡館中，如果他也像他的朋友一樣，那該多好！當然，以後再有這種機會，他就會和他的朋友一樣老練了。

用力在麻木的腦中搜索，想找到一個機會。突然他隱約地發現一線光芒；機會早已等待著他，他怎麼一直不知道呢？他對自己過去的愚蠢感到可憐，現在發覺還不算太遲。他想，他要抓住這機會。

他睜開眼挺起身來，直向那掛著綠色窗幔的小屋走去。那小屋是一家賣香菸、肥皂、糖果的小鋪，他每天上下班都經過店鋪前，隔一天才到鋪中買一包新樂園香菸。錢不便時，店主人也會拿煙給他。那店主是一個三十多歲的寡婦，身旁有兩個小孩。據說：她做小生意賺的錢不夠生活，更談不到穿衣服、買胭脂口紅，有許多司機、領班、廚師……做她臨時丈夫。大家都說，女人過了三十歲，就少不掉男人；而且她臉上塗得紅紅的和咖啡女郎差不多，一定不是好貨。買香菸時，她總找機會打趣他：你有沒有太太啊？你太太漂亮嗎？他忽然想起，有時將零錢遞給他時，她的手指還故意在他手心裡撥弄一下，這不是對他很有意思嗎？他愈想愈得意，已站在小鋪門前。他很奇怪，今天小鋪的門為什麼關得那樣早？他身上沒有錶，不知道是什麼時間，但他覺得總在十點鐘左右，她平時是要在十一點鐘才打烊的啊！

「啪……啪……」他用手掌拍木板門。就在那拍門的當兒，屋中的燈忽然熄了。他正不知道怎麼辦時，屋中有一種使他感到滿意和舒服的嬌柔的聲音：「誰呀？」

「是我。」他說：「我……我是孫、孫……」

「哦——」他覺得她已知道他是誰了，心裡一陣高興。接著又聽她說：「睡覺嘍，

什麼事呀？明天再買吧！」

「我……我給你錢、錢……」他口吃地說。

「昨天你還清了帳，又是什麼錢？」

「不是帳……妳要多少，我給妳多少……」

屋裡突然揚起一陣笑聲。「你看我多吃香，老童男子也打起我的主意來了……」屋中的嘻笑聲更放浪了，粗濁的男人聲音更加刺耳：「妳真吃香……」

他冷汗浸透全身，覺得酒全醒了。厭惡、鄙視、羞澀感覺撞擊著他。他嘆了口深長的無聲的氣，走向自己的宿舍。雨點正敲擊在他粗疏的頭髮上、發燙的面龐上……

——原載《中華副刊》

前站

「啊！妳為什麼到現在才來？再有半分鐘，車就開了。」陸秀濤站在車廂中招手。

「真倒楣！」朱碧苓抓著車門旁的鐵槓，跨上車廂，說：「訓導主任找麻煩，說我們清潔區域不乾淨，罰重掃一次，妳看，好險啦！」

車頭吼叫了一聲，車子開始抖動。車廂中的人擠得很緊，不用扶著什麼，也不會跌倒。但朱碧苓右手還是扯著一個吊環，左手把黑色布書包移在身後，擋隔貼擠著她的人。她們並排站著。

「假使趕不上這班車，」碧苓仰著臉對秀濤說：「回家遲了，就要挨罵。」

陸秀濤比她要高一個頭，這時側轉臉低頭問她：「妳媽媽常罵妳？」

「唔！」她哼了一聲。「不是罵呀，她只是瞪妳一眼，好像是說：『妳這個鬼丫頭，又野到什麼地方去了？到現在才回來！』妳看，我受得了嗎？」

「那麼，是妳太多心啦。」秀濤的左手擱在她肩上，笑說：「我媽媽罵我罵得好兇啊！」

她沒有作聲，她覺得不該和陸秀濤談這些，陸秀濤是不會知道那種情況的。晚娘

對待子女，刻毒都是在內心的。她想，陸秀濤沒有領略過那種滋味，當然要說她是多心了。她真希望有一個像秀濤的母親一樣罵她的人，可是她沒有啊！如果有人罵她，也就有人關心她了。

秀濤和她住在一條街上。她不時到她家去玩。見秀濤的母親對待秀濤和她的弟妹們，她就感到難過。秀濤穿的衣裙都是母親洗的、燙的，因為她母親怕秀濤做雜事，誤了功課。可是她就不同了。她不僅要洗燙自己的衣服，還幫她母親洗弟妹的衫褲，母親還時常說：「不高興做，就不要做啊！誰要妳做的？這件上衣的領頭汗漬還沒洗乾淨！」

當然，這些話不要告訴秀濤，秀濤是不會懂的，儘管秀濤比她大一歲，已經十八了，仍不明白這些道理。「一定是妳太懶了，」她也笑著說：「懶人就會經常挨罵的！」

笑意在她的臉上一晃，立刻就消逝了。她覺得自己講的話，並沒有合乎事實。她昨天真的挨罵了，並不是為了懶，而是為了替弟弟搽藥的事。

弟弟比她小二歲，和她是同一個母親生的。他生了頭皮癬，買回的藥，都沒有治好。秀濤的母親，把家中藏的祕方給他，他拿回來，要她幫他搽，她覺得藥的分量用得多，好得會快些。誰知藥性太烈，把弟弟的頭皮燒壞了，鼓起密密的大水泡。媽媽見到後就說：「誰叫你亂搽藥？不信醫生的話，自己一廂情願，會把病治壞的！」媽媽把弟

弟連說帶罵的教訓了一場，忽然話頭一轉，就滑到她身上來了：「他小，不懂事。妳都那麼大了，也不知道好歹？幫他亂搽——」

母親罵她時，她無法辯白。母親關懷弟弟身體上的苦痛，完全是對的，她還有什麼話好說呢？還有，這藥是陸媽媽給他的，她十二萬分信任陸媽媽，才會幫弟弟搽藥；如果她把這意思說出來，母親更要罵她了。

「妳的母親太好了，罵人也不會太兇，」她對秀濤說，兩手同時抓住吊環，她覺得火車顛簸得更厲害了。「我弟弟告訴我，妳母親昨晚幫他搽藥，他當時好感動噢！」

「感動？」秀濤驚異地說，像不懂這兩個字的意義。「他怎麼說的？」

現在，她憶起昨晚弟弟說話時滿臉委屈的表情，她自己也很感動了。他說，陸媽媽用針刺破他頭上的每個泡，再用藥棉把水和膿抹去，塗上紅汞，再輕敷上一層藥，像是世界上最細心的護士做的一樣，不嫌臭，也不嫌髒。

「妳母親幫他搽藥時，他就想起自己沒有媽媽了，」她把頭鑽在秀濤的懷裡，聲音很低的說：「所以，他一直要流眼淚……」

奇怪，她的聲調走了樣，無法再說下去，她自己也要流淚了。她沒有生頭皮癬，陸媽媽也沒有幫她搽藥，她不該感到難過的；但此刻卻像有人觸到她心中最軟弱的瘤瓣，在僻靜的地方，她準會哭出聲來。

她低頭從窗口看出去，眼前是個半圓形的天，樹木、獨立小屋、田中傴著背的農

夫，都在目中滑過。心中忽然升起一種淒涼的感覺，好像在這世界中，只有她孤零零的一個人，誰都不關心她，誰也不知道她是怎樣的生活。她昨天還在安慰弟弟，可是她自己又有誰來安慰呢。

弟弟認為母親把全部精神，集中在照顧最小的弟妹們身上，從來沒有關心他頭上的癬。如果關心他，癬早就好了。她立刻指出他的想法是錯誤的，弟妹們年紀小，是需要大人們照顧的，他們已經長大，自己可以照顧自己了。儘管她是這麼說，但她還覺得弟弟的看法是對的。她和弟弟也是從幼小的年齡長大的啊！她從來沒有跟爸媽媽去看過電影，更沒有去看過球賽，成天圍繞在爸媽身旁的是小弟弟和小妹妹，他們只是躲在房間裡啃書本、寫作業，難怪陸媽媽幫他搽藥，他要流淚了。

「真怪！」秀濤說：「妳弟弟是個男孩子，情感還會那樣脆弱？男孩子是不應該把這些小事放在心上的。」

「噢！妳不知道啊！」碧苓說，「我弟弟就像女子似的，在家裡成天不說一句話——」

「我才不信哩！」秀濤向前半步，扭轉身來，面對著她。「妳弟弟在我家裡，又說、又笑，跳跳蹦蹦，還要狂吼亂叫，哪裡像女孩子？」

「回到家中就大不相同——」她嚥住要講的話，這將怎樣告訴陸秀濤呢？她和弟弟回家時，都要輕手輕腳地走路，像是誰禁止他們發出聲響，更像是他們做錯了什麼事，怕被父母知道惹起一場處罰。可是，他們都是循規蹈矩的。在學校沒有犯規，每門功課都考及格了；又按時回家，爸爸媽媽沒有理由責罵的。但她和她弟弟踏進門，就有一種非常的特殊的感覺。她無法說出那種感覺。那是不安摻雜著恐懼。最主要的還是她感到有一種不調和的氣氛圍繞著她。在她在弟弟沒有進門之前，家中瀰漫著安詳與和諧，三弟擎著玩具槍，在媽媽面前，扮著武打電影片中的英雄；四弟在「榻榻米」上翻觔斗，爸爸咧著嘴嘻嘻地笑；二妹坐在爸爸的書桌上做功課。他們大大小小湊成了一家——一個歡樂的家庭，她踏進門就覺得自己是多餘的，是不屬於這個家庭的。她如果也加入他們那一群，就會破壞這氣氛，相信弟弟也會有這種感覺。所以他們到了家中，什麼話都不說，就一直回到自己的房中……

「我說啦，妳和妳弟弟心理上有問題！」秀濤又轉過身去，眼睛也看向窗外。「妳們為什麼不把心上的一道牆拆掉呢？到家以後，和弟妹們打打鬧鬧，和母親說說笑笑，妳們就不會感到苦惱——」

她沒有聽完秀濤說的話，卻在想秀濤這時在窗外的天地中能看到些什麼，白雲？青山？在天空翱翔的小白鴿……？秀濤怎會了解她家中那種氣氛呢？她和弟弟妹妹打鬧，母親不說她欺侮弟妹才怪。她希望自己回到家中，能夠談戴近視眼鏡的國文老師，駝著背上課的滑稽情形。她也希望能談學校裡的同學，為了芝麻大的事，互相鉤心鬥角的鬧意氣。……可是這些她自己認為可笑的話，說給誰聽？誰要聽這個與他們不相干的她所說的話？她又想起弟弟的話了：「姊姊！如果我們有媽媽……」可是，媽媽在十年前就去世了，現在只能在照片裡看到她的面龐，媽媽的影子，她已完全模糊了。

眼淚在她的睫毛上凝結，她用左手食指橫著揉揉眼睛。秀濤沒有注意到她的表情，仍繼續說：「我媽媽也很偏心呢！她常把芳芳抱在懷裡，芳芳已經十歲，念四年級了，看到那樣子真氣人，但我就不去管那回事。父母都喜歡幼小的弟妹的，不一定晚娘如此啊——怎麼，妳都不說話，我說了不少呢？我媽媽常罵我嚼舌頭根子。妳聽煩了吧！」

「沒有，我全聽著哩！」

「那就好了。」秀濤說：「我在家中，不管有沒有人聽，我就放開喉嚨講，講久了，他們就都聽我的嘍！妳在家中不講話嗎？」

「唔！是的。」她答。

「妳要講話呀！」秀濤回轉身，低頭看著她的眼睛。「妳想人家了解妳，只有把妳心中的意思告訴人家呀；不然，隔閡愈來愈大——噢，車停了，到站了，我要下車了。再見！」

她看著秀濤從車廂跳下，白衫、黑裙一會兒就被人群淹沒。車身又開始抖動，她要在前站下車。剎那間，彷彿她和秀濤一樣地蹦蹦跳跳，雜在前站的人潮中，向出口處湧去。

她雙手抓緊吊環，因為火車又向前急駛了。

——原載《中華副刊》

女人，女人

程太太跨出短巷，轉過身來，正走向斜坡。

在轉身的當兒，忽見許大媽咧著嘴對她笑。她猛吃一驚，忙把紮在頭上的紫花綢巾往下扯，遮住自己眼前的陽光；又把夾在左臂的銀灰色面盆，掉換在右手上。她裝作沒看見許大媽，或是說看到許大媽時，正忙著做這些動作，來不及還她的招呼。她現在瞧不起她，不喜歡她，也不願意理她。

她和許大媽合住一幢房子，在院子中間用竹籬笆隔開；雖不從一個大門出入，但兩家的人在門口講話，卻可以互相聽到。許大媽手裡提著竹籃，籃裡堆滿又髒又皺的衣服；一件粗藍條的長衣袖，像豬腸似地吊在籃口邋呀邋的；褐色洗衣棒粗大的一頭撅在籃外。一看就知道許大媽也和她一樣，是往石橋底下的淺水旁洗衣服的。

她已很久沒看到許大媽來這兒洗衣服了。時間可算不準，只記得那是在許大媽和她丈夫吵架之後。以往她們兩個人常常蹲在一塊凸出水面的石頭旁，一面搓揉著衣服，一面談天。許大媽總告訴她，許大爺的脾氣壞，家中一切都不管，成天在外面打牌，她對那生活過得厭透了，如果不和別人談談，不知要悶成什麼樣子……可是，在兩個男人

吵架後，許大媽不到橋下洗衣服了；也不在院中扯起嗓門喊：「程太太，走啊！去買菜呀！」她們在屋角、菜市場或是短巷內相遇時，許大媽卻恨起她來了。

說起來怪難為情，吵架是為了雞毛蒜皮小事。一天晚上，她丈夫在浴室裡洗澡，肥皂擦滿全身，忽然水龍頭沒有水，便大聲嚷著要許家把龍頭關掉。因為兩家的自來水是一條水管；龍頭較低的許家用水時，她家就無水可用。這在平常是很自然的事，許大媽定會關掉水龍頭；誰知這次卻是例外，許大爺接著吼了起來：「不關又怎麼樣，講話要客氣點哪！」

於是，他們隔著板壁吵了起來，互相用刻薄的話嘲笑對方。許大爺罵她的丈夫是癆病鬼，只長骨頭不長肉。她丈夫指許大爺是流氓、賭鬼，一定不得好死。一會兒他們兩個男人都打著赤膊跳在院中，眼看著就要動武了。還是她和許大媽二人各自把丈夫拖住，連說帶勸，雙方才停止謾罵。她覺得許大媽很懂道理，沒有像一般女人似去幫同丈夫吵鬧，便對許大媽起了幾分敬意。所以在吵架的第二天早晨，從這斜坡經過時，碰到許大媽便很親切地打招呼。誰知許大媽臉色一沉，兩道眉毛豎起，接著脖頸突地扭轉過去。

她氣得嗓子冒青煙，很久說不出話來。吵架的是她們的丈夫，她們的感情原是挺好的，許大媽為什麼要做出這怪樣子？做妻子的就不能有主張，一定要跟著丈夫的意思，決定自己的喜怒哀樂？她愈想愈不明白，許大媽平時那樣討厭丈夫，怎麼一下子就向著丈夫，把她拋得遠遠的？

好吧，失去了許大媽的友誼，她一點兒都不在乎。眼看著吵架的事一件跟著一件發生。許家七歲的男孩，用石塊砸破她家玻璃窗，她丈夫吆喝了一聲，許大爺衝出來抓著小孩的胳膊往內拖，口裡嚷著：「一塊玻璃有什麼了不起，用得著這樣嚇唬小孩？」聽聽那種口氣，像是她家玻璃窗應該被打壞；或是說，對做錯事的小孩，就絕對不許鄰人張口。她丈夫忍不住這口氣，又互相嘲罵了。

爭吵的事一天天多起來。許家的一隻孱弱的黑色小雞，死在她家院中，許大爺說是她丈夫打死的。繞在兩家屋簷下的水溝阻塞了，誰也不讓誰家的臭水流出。許家清除廁所中的糞便，總是在她家吃飯的時候……她真愁這樣僵持下去，兩家的感情更要惡化，人們將無法相處。現在好了，許大媽已經和她打招呼，就要和她說話了。是呀，許大媽腳步停下來，攔在前面等她。

「程太太啊，妳知道嗎？」許大媽撩起籃口上的衣袖擦眼睛。「昨兒晚上，他們在胡先生家中碰杯，在一道喝酒了哩！」

她忽然明白，那是他們兩個男人和好了，所以許大媽此刻才和她搭訕。她丈夫昨天參加胡先生的兒子的婚禮，喝得醉醺醺的回家，沒講一句話就躺在牀上。她真想知道他們是怎樣和好的，經過朋友的勸說，兩人才開始握手；還是他們自動的開始講話，像許大媽剛才對她這樣……？

「程先生真好，」許大媽繼續說，她們已並肩走在堆滿貝殼和碎石子的河灘上。「他答應幫忙，我們真感謝他啲！」

這時她突地替許大爺難過起來。她知道許大爺是為了要請求別人幫忙，才向她丈夫低頭的。她雖沒看到他們兩個是怎樣開始講話，但可以想像得出：她丈夫在很多賓客中間高談闊論，忽然許大爺縮脖頸走到她丈夫身旁，靦覥地說：「我……我和你談句話好嗎？」於是她丈夫用懷疑的目光看他一眼，然後便挺著胸硬著脖子跟他走到黑暗的牆角，許大爺把手伸向她的丈夫，說：「我很抱歉……」

想到這裡，她真感到有點惡心。一會兒工夫，就覺得許大媽和許大爺一樣地令人討厭。他們夫妻倆都是這樣淺薄、俗不可耐，她實在不願意和他們接近，和他們來往。現在她和許大媽走在一道，彷彿已受了無限屈辱，能立刻趕走她心裡才會舒服。

「我一點兒都不懂，」她忽然開口了，一股悶氣衝向嗓門，聲帶被扭曲。「那死鬼會那樣下賤，會答應——」她無法接著說下去。難道她不准丈夫和鄰人和好嗎？那是沒有道理的。兩家如再不和睦，將不知會鬧出什麼事來，可是，平時她受了許家那麼多的委屈，就這樣輕易地談和，未免太便宜許家了。此刻，她走在許大媽身旁，真想把許大媽摔倒在地上，用手中的硬面盆，猛敲她的頭顱。或是撿起一塊石頭，捶著許大媽的眼睛、鼻子、嘴……才能發洩心頭的怨恨。在敲擊時，她還要一句連著一句問：「妳該懂得道理了吧？為什麼不好好的對待我們？」一直等到許大媽討饒了才歇手……

「什麼？」許大媽尖叫起來。「妳先生和他講話就是下賤！妳願意大家鬧下去？」她用鼻子出氣，聲音哼得很長。「是的，我願意鬧下去。」她說：「看他們究竟鬧成什麼樣子？」

「好奇怪！」許大媽站住後，歪頭看著她的眼睛，說：「妳的想法多怪？」

許大媽說完，硬著頸子一直向前衝，她倒僵住無法移動了。只聽到許大媽木拖鞋踏著碎石子「卜碌秃」的響，像是全身的重量，都運在兩隻腳上踢著、踏著。她有一個意念湧現在心頭和腦海，她要趕上前去，擒住許大媽，問她為什麼要那樣傲慢無禮。她要抓住她，倒著頭把她放在河裡——她自己相信，她是有足夠的力量可以辦到的。她比許大媽年輕，也比許大媽高大——但她為什麼要這樣做呢？一下子她就覺得許大媽和她並沒有那麼大的怨恨；好像許大媽並沒有錯，錯的是她自己，她為什麼要把人與人之間的關係看得那麼重要、那麼認真。許大媽這時一定要恥笑她幼稚和可憐了！究竟是誰錯了呢？

許大媽沿著河旁，直向前跑，藍底黑花的長裙被風捲起又摔下，敲擊瘦削的小腿。她縮回目光飄在眼前的河裡，河水碧綠，綠得使岸上油加利的樹葉映在河中變成黑色，黑得看不到天空的星星……她又錯了，現在她想起這是早晨，早晨有太陽時會看到星星？還有這河中的水一向是混濁的，泥沙在上流被河水捲來滾滾地流著，水怎麼會是綠色？她對世上的一切都迷糊，一切的智識好像都走樣了。

她倏地拔起腳步向前跑，一面跑著一面喊：「許大媽呀，等我一起走啊。」

這時許大媽回轉身來，用疑惑的、不信的目光注視她。那有什麼關係呢？她想，她要和許大媽一起蹲在凸出水面的大石塊上搓呀揉呀洗衣服，一面聽許大媽談許大爺三個月來的情況……她們又變做芳鄰了，她要問許大媽：許大爺請她丈夫幫忙的是什麼事……？

——原載《中華副刊》

瘋子

真羞死人啦，身上一絲衣服都沒有，而且有那麼多人瞧著妳，妳怎麼辦呢——她盡量低下頭，蜷縮著身體，真想鑽地縫；可是光滑的水泥地，一個窟窿都沒有，現在要算是糟透了！

現在，她恨煞黃曉白了。如果不是他纏著她，她不會做這樁錯事，就不會丟這麼大的臉——丟臉還是小事，還不知這些人拿她怎麼辦？是打她？罵她？殺她？凌辱她？還是遊行——她小時候聽說，捉住奸夫淫婦，光著身子綁他們在一起，敲著鑼、打著鼓，喧嚷的人們出來觀看，牽著他們從南街走到北街，街頭到……啊！有許多人認出妳：那不是娟娟嗎？那個女的，是我中學裡的同學啊！她會這樣不要臉……？喂！你看！多滑稽，那是我們的「公司之花」陳娟娟啊！她是那麼賤，那麼愛虛榮……她感到房屋、桌椅等都跟著地面旋轉，好像她已不能再支持，她已失去控制自己的力量——做人的勇氣，活下去的勇氣和力量都沒有了，怎麼辦呢？

她扭轉頭，偷窺了丈夫一眼。他仍兩手緊抱屈起的左膝蓋，直視著門外。如果屋內只有他一個人，她會求他念三個月的夫妻情感，擲給她一條內褲——給她一塊手帕遮遮

身體也好。但現在屋內有那麼多人，而那些人都在嘁嘁喳喳地談論她。其中有些人是和她丈夫一道去捉她的，現在他們正把經過的事告訴另外一些人。從他們的語調中聽出他們對做這樁事非常得意，絲毫沒有想到她和她的丈夫——她真不明白她的丈夫為什麼會找他們幫忙？人們都愛看別人的夫妻和家庭鬧笑話的呀！此刻，他不是也很難過嗎——他難過不難過和妳有什麼關係？妳現在需要的是自己的衣服，是一個人關在房裡蒙頭睡覺、大哭，能夠自殺更好，但衣服是不會給妳的了。

她的衣服和黃曉白的衣服捲成一圈，摔在那柳條椅前的地上，她的手和腳踝如沒有被縛住，定會走上前去，搶件衣服穿在身上；可是，她丈夫和那許多人會讓她這樣做嗎？只是綁她一個人在這兒還好辦，但現在黃曉白也和她一樣地赤身露體。真憑實據抓在別人手內，她還有什麼理由為自己辯白呢？

略一轉側，便見到黃曉白那種怪樣子。不穿衣服的人，是多麼醜惡啊！她很奇怪自己曾經那樣喜歡他，現在為什麼會如此厭惡他？是為了他害她到這地步，還是她愛他的熱潮退了呢？

現在，她不想那些無關緊要的事了。只愁怎樣才能度過這難關。聽哪，他們又在討論她了。

「要吊死這兩個不要臉的東西嗎？」

「不要。」她丈夫說。

「你真是傻瓜，」另一個人插嘴了。「把他們吊起來，用皮鞭子抽他們，抽一下，便問他們一句：『痛快嗎？』唔！這是你做丈夫擡頭的時候了。」

她丈夫停了片刻。說：「那樣太野蠻了一點，對不對？我……我已想好處置她的辦法了。你們等著瞧吧！」

「不對，不對。你的辦法一定不高明。不是我們支持你，你還是讓他們『不要臉』哩！」

說著，那許多人已鬧嚷嚷的準備繩子、凳子，開始吊他們了。她丈夫站起來，揮舞著手臂喊道：「不要，不要這樣做。我已派人通知她的父母，通知警察——」

大家都靜了下來。顯出很失望的神情。他們預期的一場精采戲劇，無法上演，怎不使人掃興呢！

他們討論她時，她緊張地聽著，她的命運是決定在那些與她無關的人的手中哩！此刻還是她丈夫勝利了，她不要受皮肉之苦——什麼？她的爸爸媽媽會來？媽媽看到她這樣赤身露體被綁在衆人面前，一定會羞死……

「嗡——」她覺得耳中突然嗚嗚地叫了起來，再聽不到他們說什麼了。現在她卻希望他們吊她、打她，而不願父母看到她在此處丟臉。她丈夫為什麼會這樣狠心，用這惡毒的辦法待她？她真活不下去了。

「自强！自强！」她扭轉頸子看著丈夫，帶著哭聲喊道：「我求求你，求你給我一

把刀子！」

她擒住丈夫的目光了，但時間是那麼短暫，只是一瞬兒工夫，他的目光又飄落在水泥地上。他說：「要刀子有什麼用，殺人？還是自殺？現在妳求我，還有什麼用？妳記不得我求妳的日子嗎？」

絕望了，完全絕望了。她丈夫的眼中沒有一絲温柔或熱情。語調中更充滿了冷酷和諷刺的意味。她不會想起夫妻的感情了。這能怪他嗎？如果以前，她能為他想一想就好了。是的，他曾求過她。他說：「娟娟，我愛妳。我用整個心靈愛妳。妳說妳也愛我的——不愛妳不會和妳結婚啊。我求求妳，妳也用全心靈愛我吧！妳的做法，我真受不了。我是男人，男人是不能忍受妻子不忠實的——噢！是的，我沒有證據，沒有親眼看到。但旁人閒言閒語我受不了。假使妳知道我現在的內心是如何痛苦，妳一定會同情我，安安靜靜地待在家裡——是的，出去沒有錯。等妳錯了，我親眼看到，抓著證據，妳後悔就嫌遲了……」遲了，現在真的遲了。明明知道黃曉白不愛妳，只是玩弄妳，妳負氣結了婚。婚後妳還聽他的花言巧語，和他玩在一起，終於落到這樣下場。那能怪誰呢？怪妳自己低賤、下流……

他不給妳刀子，妳死不掉。母親來了，妳怎有臉見她呢？媽媽說過：「出嫁了，娟娟！把玩野了的心收起來吧。媽媽只有妳這麼一個女兒。爸爸老說我寵壞了妳。妳不會替我丟臉，是吧？做個好榜樣給爸爸看——」

天哪！爸爸和媽媽一道來了。走進門就會看到他們的女兒赤著身體和奸夫綁在一起。他們掉頭就走，她想，她的丈夫和另外許多管閒事的人，一定會攔住他們。他們怎麼辦呢？打女兒嗎？殺女兒嗎？互相抱怨對方沒有嚴格管教女兒才會做出這無恥的事？……

「看在夫妻的情分上，你給我一把刀子！自強。」她的聲音抖顫地喊著：「我要殺死他，殺死那玩火的人，然後再殺死自己。他們大家都看到的，我自己負責，求求你，給我一把刀——」

大家都靜了下來，驚奇地看著她。閉著眼皮的黃曉白也睜開眼來，扭轉頭看她，向她發出冷笑，好像在說：妳推卸責任，逃避責任了？我沒有強迫妳，是妳願意跟著我走的。女人都是弱者，在緊要關頭總要將做錯事的責任推在別人身上，表示自己是清白的、無辜的……或許他不這樣想，卻在認為她是裝痴裝瘋，要想贏得別人的同情……總之，她是失敗了。沒有人會了解妳的痛苦，妳的感覺。他們都已確定妳是一個沒有靈魂、沒有善良本性的人，妳到什麼地方去傾訴自己的苦衷？

「你們吊我起來吧！打我吧，我求求你們……」

她的聲音愈說愈低，低得只有自己聽見了。忽然，她覺得憤怒控制了她，她憎恨他們——她的丈夫、管閒事的人們、黃曉白，以及她的父母。假使世界上沒有他們，她自己不會存在，也不會受到侮辱。為什麼大家都願意看到她受侮辱呢？人類就具備這殘酷

的本能嗎？大地毀滅吧！人類毀滅吧！幸災樂禍的人們同歸於盡吧！你、我、他都不存在了，誰又存在呢？

「哈……哈哈……」她縱聲大笑起來。「同歸於盡吧……」

一個人說：「她瘋了？」另一個人說。「是裝瘋啊！誰相信？」又一個人更大聲說：「她過去是瘋子，現在可能清醒了。」

「哈哈，瘋子，真有趣——」她尖聲地叫著、笑著。但她的狂笑聲被走進來的警察吆喝聲打斷了。他說：「你們都是些瘋子，給他們衣服！快穿起來！」

她看到她丈夫，彎下腰去抓那包揉成一團的衣服，但她已覺得穿不穿都無所謂了……

——原載《中華副刊》

晴天穿雨衣

那天早晨，背著書包上學；跨出門，雨下得更大了，但我還得向前跑，因為家中沒有雨衣，也沒有雨傘……

到了河邊，跳上渡船，彎腰躲在船頭避著雨。上岸後，很快就跑到學校了。踏進教室，拿出書包中的書和筆記本；把溼漉漉的書包，橫掛在課桌的面板上，再用手絞乾袖頭和褲管的水。

教室裡的同學都用驚奇的目光盯著我，有人跑近我身旁大聲問：「何鳴飛！你為什麼不穿雨衣？」

「高興嘛！你管得著？」我裝出一副毫不在乎的神氣，像是這樣被雨淋了，感到很快樂。

「真了不起！他是英雄啊！」另外有人喊。

「英雄？是狗熊噢！」教室的右後角落裡誰在大聲的叫嚷：「他是沒有雨衣呀！你們不看到他每次下雨，都是這狗熊樣子？」

我抖顫了一下，心窩裡感到又涼又酸，眼淚飛快的滑出眼眶，連自己想阻止也來不

及。這種諷刺和嘲笑，比在雨地裡跑路要難受得多。這時我真恨自己的家為什麼會這樣窮？為什麼沒有父親？也沒有母親？

不能再停留在這裡，我要趕快離開教室。讓他們看到我流淚，我將怎樣做人？幸虧這時我頭上和臉上都有水跡，他們分不清那是雨水還是淚珠，再待下去就不行了。在大家轟笑的時候，我出教室。這時才覺得自己身體在打抖，寒氣已經逼得我渾身冷冰冰的了。

一下子就想到辦法了，我要到廚房內去烤火。順著走廊跑到廚房門口，頭剛伸進去，立刻又縮回來。因為燒飯的左老頭正睜大眼睛瞪著我。

「小孩！過來。」他大聲喊。

他喊全校的同學都是小孩，這是由於他不知道大家的名字，同時我們還覺得這稱呼，有點輕視好像也有點疼愛的意味，所以也就不十分反對。當然，反對也沒有用，大家都很怕他。因為他看到誰做錯了事，他也不告訴老師或校長，就會指著你痛罵一場，一直教訓到你沒有話說，才會住嘴，所以誰都不願意在他面前做錯事。現在他喊我，我就可以進廚房了。

我縮手縮腳走到他身旁，他正用一隻有柄的鋁罐，把貯水池中的水，舀到敞開的大鍋裡。這時他停止動作，仔細的打量我全身，然後用右腳踢灶門前的一張矮方竹凳，

說：「坐下烤一烤。」

灶內炭火紅紅的，我用火鉗撥動一下，火舌翻滾似地冒起來，熱氣直噴射在我的臉上、身上，我感到了一陣暖意。

「你為啥不穿雨衣？」鍋裡的水滿了，他蓋起鍋蓋。

「沒有啊！」我說：「雨傘也沒有。」

我不明白自己為什麼要把這事實告訴他，好像是希望得到他的同情。但說出口以後，就感到後悔，我認為他一定很輕視我了。

「爸爸、媽媽不管你？」

「沒有爸爸媽媽啊。」

「家裡有誰？」

「哥哥，一個哥哥。」我說。

他彎下腰來，注視著我的臉，像仔細的看我是不是在說謊。火光映在他灰白的鬍子上，我想，他已經很老，一定有六十多歲了。

「哦——」他說：「倒怪可憐的。把上衣脫下來烤一烤。」我沒有脫掉上衣，因我覺得快要上課了。同時我也聽出他話中的意思，好像是在說，你哥哥不知道照顧弟弟，你才會淋成落湯雞。他實在是冤枉了我哥哥。

「我哥哥在工廠裡做工，」我說：「晚上在補習班裡念書。沒有錢哪，你懂嗎？」

這些話，在同學面前，絕不會講的；但在他面前，我覺得就不要緊了，他比我還要窮哩！還有，他讓我進來烤火，我有點喜歡他了。

上課鈴響了，我站起身來。他凝視我胸前的學號，我急忙轉過身去。學號旁邊有班級的記號，我怕他會告訴我們的導師，但這念頭一剎那就過去了，他對我一點惡意都沒有呢。

以後，我又去烤過二次火，到第三次進廚房時，左老頭卻從牆壁的擱板上，拿下一個紙包遞給我，說：「這是給你的。」

我打開一看，見是一件藍色尼龍雨衣。抓著領頭抖開，披在身上，稍為長一點，但我才十五歲，還是會長高的。這簡直太妙了，有了雨衣，我就不會再受淋雨的痛苦。一會兒，我便愣住了，說：「我家裡沒有錢哪！」

「不要錢，是送給你的。」

「真的？」我抱著雨衣跳起來：「這雨衣就是我的了！」

身上的衣服沒有完全烤乾，我就抱著雨衣回教室，用一種得意的神氣告訴同學，大家聽了都對我現出羨慕的樣子，我感到又高興、又驕傲。回家以後，告訴哥哥，他最初不信，經我再三的說明，後來終於相信我的話了。

經過這件事以後，我對左老頭特別親熱。每天中午休息的時候，我總是到廚房裡和他談天。他告訴我說，他家在大陸，也有像我一樣大的小孩，留在家中；看見我就像看

到他自己的小孩一樣。經他一說，我才知道他為什麼要送雨衣給我了。

但沒有過好久，受不了同學的嘲笑，我就停止和他接近。大家都說我是他的乾兒子，所以他才送雨衣給我。等他死了，我還得穿白帽、白袍送喪。有些同學，說得比這些話更刻毒。所以在下雨時，我仍是不穿雨衣走來走去，衣服打溼了，也不到廚房烤火。

又是一個雨天，我剛從木渡船爬上岸，忽然看見左老頭戴著一頂圓斗笠站在岸旁，他奇怪地看著我，等到我走近，他問：「你為啥不穿雨衣？」

我沒有回答，我當然不能將賭氣的事告訴他。

他和我默默走了一段路，又問：「你的家住哪裡？」

我怕他去我家裡，隨便一指，說：「竹林那邊。」

在快要到學校的時候，我擔心會被同學看到我和他走在一起，便狂奔地跑向校門，他突然喊住我：「來烤火嗎？」

我一面奔跑一面喊著：「不要了，永遠不要烤火了。」

真的，我是永遠不要烤火了。氣候一天天暖起來了，很快就放暑假。放假前，我再未走到廚房附近去；在學校任何地方見到他的影子，我也遠遠避開他。放假後，我更忘記他了。

一個下午，我正在小河中游泳，鄰家的小孩告訴我，說學校有人來找我，要我趕快

回去。到家以後，才知道左老頭病重得快要死了，他想見我一面。

他躺在我們學校附近一個醫院的病牀上，我踏進病房時，校長和總務主任都在他身旁。他的臉很乾枯，兩頰陷下去，鬍鬚像是全白了。我站得遠遠地看著他，校長要我走近他，他已不能講話了，只用呆滯的目光看著我。我覺得他眼眶中潤溼，像快要滾出淚珠來。我想，他又憶起在大陸像我一樣大的兒子了。

他用右手撫著我的頭，左手在枕頭下面摸出一個黑布包，左手舉起了一半，忽然停下。他猛烈地抽搐了一下，嘆一口氣，兩腿一伸，眼睛閉起來，兩粒淚珠擠在眼角，他斷氣了。

黑布包被打開，見裡面有厚厚的一大疊鈔票，還有黃澄澄的幾隻金戒。我聽校長對總務主任說：「這些東西，他的意思一定是給何鳴飛的了。」

我突起想起同學們所說穿白衣、白帽送喪的話；如果收了這些東西，真要變成他的乾兒子了。於是我說：「他從前告訴過我：這些錢都是要捐給孤兒院的。」

他們都相信我的話了。

今天是左老頭三周年的忌辰，熱烘烘的太陽懸在當頭，但我還披著那件藍色尼龍雨衣，站在他的墳前，凝視著我買來的一束鮮花。

——原載《中華副刊》

假如電影院像教室一樣

我第三次擡起頭看媽媽：媽媽雙手拍在大腿上好響啊！媽媽和隔壁的吳媽媽挨坐在長沙發上，談得好開心。媽媽大腿露出半截，也不扯下旗袍遮住膝蓋。媽媽說，女孩子把大腿露出來，難看死了。可是，她自己呢，不怕難看嗎？

大概是因為客廳裡沒有大人的關係。我低頭做功課，弟弟妹妹在茶几上玩積木。媽媽談牌經就會把一切都忘了。

吳媽媽問：「妳當時緊張不緊張？」

「緊張死了。」媽媽說：「上家丟三萬，對過立刻推牌說是『小和』。我喊：『慢點，慢點！小意思：清一色雙龍抱。』」

吳媽媽說：「好險哪，碰到我，就要發心臟病了。」

「我還不是一樣，」媽媽又猛拍大腿，「心撲通撲通跳。假如這牌不和，我這輩子也不打牌了。」

我合上書，站起來，說：「媽！我要去看電影。」這是媽最開心的時候，我不能放過這機會。

「看電影？」媽愣一下，像大吃一驚。「妳功課做完了？」

「做完了。」我說了謊就覺得很後悔。老師說，乖孩子就不會說謊話。可是，不說謊話，電影一定看不成。老師規定背的兩篇模範作文，我念了十幾遍，一篇都沒背熟。以前念五六遍就會背了，今天好奇怪啊。會不會怪張伯伯呢？

昨兒晚上張伯伯來我家玩，我正在大聲念：「……一片烏油油的白雲停在半空；突然間，密密的雨絲傾盆而下……」張伯伯說：「小玲！妳念什麼啊，拿給伯伯看看。」

我得意地說：「是最好的作文哪！」

張伯伯看了我遞給他的模範作文，笑著說：「白雲怎麼會烏油油的？雨絲還能傾盆而下？」

我覺得好難為情哪！立刻拉起裙子遮住臉。突然又想起我的大腿全露出來了，連忙放下裙子。面孔燙得好厲害啊。張伯伯的作文寫得最棒了，常常印在報紙上、雜誌上。全省的小朋友都讀伯伯的作文，伯伯的話怎會錯？可是印在書上的字當然也對啊！

張伯伯說：「小玲，不要念了。念這樣的書，作文愈寫愈糟。」

不曉得張伯伯的話對不對？不敢問老師，也不敢問媽媽。有一天，報紙上有伯伯的作文，好長啊。我一口氣念完，有些字不認識，也有些話不很明白；不過讀起來滿有意思的。我對媽媽說：「將來我要和張伯伯一樣當作家，寫文章給全國的人看。」媽媽瞪

眼罵我：「妳死沒出息。當作家，窮一輩子有什麼好？妳該記住媽媽的話；將來好好念英文，學英語會話、英文打字。到洋機關做事，又賺錢又神氣。」

媽媽還會讓女兒上當？媽媽的話當然不會錯。可是，不論錯不錯，經張伯伯一說，模範作文再也念不熟了。明天早上，第一節課就要默寫〈勤與惰〉和〈雙手萬能〉這兩篇作文。看樣子，明天我也要「變魔術」了。有些同學不會默寫，只是在紙上亂畫一陣。交卷時，把預先放在簿子下面抄好的作文抽出來，送給老師。我們就說這是「變魔術」。班上「變魔術」的同學愈來愈多了，老師還沒有發覺。我在班上是第二名，從來不舞弊；為了看電影變一次魔術，以後不再犯，老師是不會知道的。

「功課做完了，也不能看電影。」媽媽又瞪起眼睛看我。「再有三個月就要考初中了，還死想玩！」

媽媽的口氣很堅決，我的心像被小刀挖了一個洞，好難受啊！

吳媽媽說：「小玲成年到頭上課補習，怪可憐的。今兒是禮拜天，讓她去看場電影也不要緊。我家的孩子，從不這樣緊張，還不是一樣考取學校？」

吳媽媽長得矮矮胖胖的，爸爸總說吳媽媽的人好、心好、福氣好。吳哥哥和蘭姊姊，都考上最好的大學和高中，一定是吳媽媽人好的報應。

「好吧！看完電影就回來做功課。」媽媽很勉强地說。「到我皮包裡去拿十塊錢。」

「不夠啊！」我踮起腳尖，使母親注意我的身高。「去年我就要買全票了。」

「再多拿五塊。」母親掉頭對吳媽媽說：「這孩子就是一直長高……」

去房間拿了錢，跳進客廳，弟弟雙手攔住我：「姊姊，帶我一道去。」

妹妹也跟著喊：「我也要去，我也要跟姊姊去。」

煩死了，我急得直跺腳，埋怨地喊：「媽！妳看哪！」

「你們兩個不要去，」媽媽看著他們傻裡傻氣的樣子笑著說：「你們不念書，成天玩還想看電影？」

弟弟說：「不嘛！我要去。」

妹妹說：「我也要去。」

媽媽就是管我，拿弟弟妹妹沒有辦法。弟弟念四年級，妹妹念二年級，他們常賴在家裡不肯去學校，成績總是倒數第一、第二。看樣子，今天非帶他們去看電影不可了。

「我不帶你們去，」我厲聲說。「還有同學和我在一起。」我又撒了謊。昨天，同學朱梅芬約我去看「冰上天鵝」，我怕母親不答應會對她失約。老師說，對人失約是很不禮貌的，所以我拒絕了她。想不到今天吳媽媽幫我說話，我能順利地出去。

「羞啊！羞啊！」弟弟彎起右手食指在面頰旁上下晃動，「姊姊陪男生去看電影——」

「你胡說！」

「那妳為什麼不帶我去？」

我心底嘆了一口氣，今天倒楣算是倒定了。和他們一起看電影真煩死人。妹妹一會兒要吃糖，一會兒要買冰；一會兒又要小便。跑來跑去把最精采的鏡頭都誤掉了。妹妹見銀幕上女人穿一點點衣服晃來晃去，便大聲喊：「姊姊！妳看，那個人好窮啊，沒有錢買衣服穿。」惹得電影院前後左右的人都瞪著我們，我恨不得鑽到椅子下面去躲起來。媽媽說，衣服穿得愈整齊的女人，愈高貴。可是，那是電影明星哪，電影明星不能和一般人相比啊！

弟弟的麻煩也不見得比妹妹少。一會問：「那是好人、壞人哪？」「那女人為什麼哭啦？」一會又問：「那扇門為什麼關起來？」「紅燈亮了是什麼意思？」弟弟儘管問，有好多事我也不懂。電影院又不是教室；在教室裡不懂可以問老師，在電影院裡看不懂還是裝糊塗算了。好在裝糊塗的人多著哩！假如電影院像教室一樣，有老師，有人提問題；電影院那麼大，看電影的人那麼多，我相信社會上不懂道理的人就愈來愈少了。

「不帶你們去，就是不帶你們去。」我掉轉身，背對著弟弟。「你胡說八道也沒有用。」

「我有的是辦法，」弟弟嘻皮笑臉地說：「妳在前面走，我在後面跟；妳到哪裡我就到哪裡。」

「那你自己不會去？」

「不要。」弟弟說：「我要和妳一道去。」

妹妹說：「我也要和妳一道去。」

現在我真恨不得電影院變作教室了。那樣，我就一手拉著弟弟，一手拖著妹妹，送他們進電影院，讓老師好好管管他們。要他們背模範作文，做算術難題，成天到晚考試、默書、複習，看這對懶鬼還要不要我陪他們去電影院？

那樣可糟了，電影院一定沒有生意。我也用不著為了看電影向媽媽說謊，背著老師「變魔術」了。老師也不會把我們關在教室裡，讓我們抄書、睡覺、自由活動，他自己去看電影了。老師也不喜歡讓「師公」管呢！

同學們把督學喊作「師公」，意思就是指老師的老師。有一次，督學來了，老師叫我們藏起各種補習教材，又去看課程表上是什麼課——我們已有很久時間不按課程表上課了。課程表上是「體育」，老師要我們立刻上操場。我們便跳繩、踢毽子、拍皮球、滾鐵環……玩得好開心哪。可是「師公」一走，我們又回到教室做算術難題、念模範作文了。所以當我們功課做得頭昏腦脹時，就有同學偷偷地小聲喊「師公來了！」大家便嘻嘻哈哈笑，老師瞪著眼看我們，還不知道我們為什麼那樣高興哩！

「你們真不講理！」我又轉過身來面對著弟妹。「我要去看『冰上天鵝』，你們不是和媽去看過了！」

「我要去看『海上大盜』。」弟弟說。妹妹也說：「看『海上大盜』。」

「你們去吧！」我的肺快要氣炸了。好不容易爭來一場電影，立刻被他們搗毀掉。朱梅芬說，「冰上天鵝」女主角滑冰滑得好棒啊，現在一定看不成了。我賭氣說：「我不去了！」

弟弟說：「好，大家都不去。」

妹妹哭著嗓子喊：「我要去，我要去。」

「小玲哪，妳是姊姊，乖一點，帶他們去看『海上大盜』吧！」吳媽媽說：「電影都是假的，電影院到處一樣，隨便看一場算了。妳不帶他們去，我和妳媽媽的牌也打不成了，幫幫忙吧！」現在我明白了：吳媽媽勸媽媽讓我去看電影，是為了她自己打牌方便。吳媽媽那樣好的人，還離不開自私。我真想不聽她的話，可是那就辜負了她一番好意；也許吳媽媽以後就不說我是乖孩子了。

「走吧！快點走吧！」我沒好氣地說：「再遲就趕不上這場電影了。」弟弟妹妹蹦跳地衝出大門，我垂頭喪氣地跟在他們後面。我想：假如電影院像教室一樣，今天我就用不著陪弟弟妹妹去活受罪了。

——原載《聯合副刊》

按：當年小學畢業生參加初中聯考時，台北市聯招會國文科的命題作文是：「假如電影院像教室一樣」，各界譁然。本文即因此觸發寫成。

變奏的戀曲

梧桐葉兒飄搖，靈魂兒飛出心竅，倚在門旁等情郎呀！……

名歌星丹娜站在舞台上，兩隻手扶著「麥克風」，露出塗銀紅色蔻丹的尖指甲。她的左腳橫在右腳跟後，三寸半的赭紅高跟鞋，按節拍微微搖晃，柔藍緞旗袍的下襬跟著蕩漾。台下成千的觀眾，像被嬌柔的歌聲熨服了，一點兒聲息沒有，大家靜靜地，靜靜地如痴如迷。

梁曉濱從朱紅皮背椅上站起，小喇叭向前伸了一尺，鼓足氣，清脆響亮的「的的……打打……打的……」喇叭聲，配合著歌聲繚繞在每個人的耳中、心中。

他知道她唱完這一節，就有一個過門，那是他獨自表演的機會。儘管有鋼琴、大提琴、小鼓……但他的喇叭聲會將他們全部遮蓋。而且，他可以更近地站在丹娜的身畔，丹娜會看到他，注意到他，他可以嗅到她身上高貴的香水和化妝品的味道。

真的，丹娜停下來了。她退後一步，和他並排站著，眼珠滾動，巡視全場一周，便轉過頭來，兩唇微啓，含笑地看著他。

丹娜的歌聲雖停歇，但全場的人仍靜靜的聽著，「那是聽我的喇叭，」梁曉濱告訴自己說。「我要拿出全身的本領，吹啊、吹啊……」

「的打打、打的的……」

丹娜一直凝視著傾聽。她很欣賞他的吹奏吧？他把每個音階扣得都很準，高低音轉折時又是那麼輕鬆而自然。不管她的歌唱得如何好，沒有他的喇叭伴奏，就不會顯得那麼出色。她在這兒演唱五天來，不是一直很巴結他嗎？

現在丹娜又轉過身去面對著觀衆拉長嗓子唱了。梁曉濱的喇叭緊緊和著歌聲，傴僂著上身，腰肢搖擺著，他的目光黏在她脹得圓滿的肢體上。他覺得她有股力量吸引著他。她很年輕，也很漂亮；可是，他還沒有機會親近她呢。在休息的時間，他該到後台和她談談嗎？他們可以談觀衆、談歌譜、談感情……假使她願意的話，他可以送她一道回家……

「劈劈……啪啪……」

轟動的掌聲驚醒他。原來她唱完這首歌了。她的頭略微點了點，腰身向前晃了晃，算是向觀衆行了答謝禮。她的儀態、舉止裝得多麼高貴啊！他想：她是真的那樣高貴嗎？

她已旋過身來；他垂下喇叭，彎腰迎向她。她微笑著把要唱的下一支歌名告訴他，便輕盈地向後台走去。

他僵立著凝視她一步步走向左邊側門。她沒有進入後台，只站在門旁等待，因為一會兒她又要出來歌唱了。

他慢慢轉過身軀，對準「麥克風」說道：「再請丹娜小姐唱：『採蓮歌』！」退後一步，又平舉起小喇叭，準備吹奏了，但眼角看到鋼琴手翹著頭發出期待的目光。他立刻轉頭告訴他：「F調。」他是這樂隊的靈魂，負責指揮全體哩！

「爸爸！爸——」一個小女孩大聲的喊。梁曉濱倏地掉轉頭。見是自己五歲的女兒慧玲，兩臂伸在台口，吊著舌頭說：「爸爸！媽媽要香菸。」

他愣了一下。才突地想起，他的太太也坐在後排聽歌。她一定已將他剛才的一切看在眼裡了。她的太太見他虎視眈眈地看著丹娜，低聲下氣地和她說話，她又是怎樣想呢？不論她是怎樣想，他都不在乎，這是他職業上的行為。一個喇叭手，不和歌星合作，能有精采的演出嗎？

但她為什麼要在這場合來向自己要香菸吸？他沒有回頭，就知道丹娜在門旁一定看到慧玲，也聽到慧玲所說的話。他真想踢那小鬼一腳，消一消心頭的憤怒。不過，那樣笑話就鬧得更大了，台上台下的人都會盯著他瞧，用手指點著他說：「野心的丈夫，狠毒的老子……」

他右手插向上衣口袋，只摸到一隻光滑的打火機。才想起菸已吸完，空菸盒揉成一團剛甩在台角。於是他拔出手來，很自然的伸在彈鋼琴的老周眼前。老周從琴檯上抽出一枝有過濾菸嘴的外國菸，遞在他手上。

縮回手時，他看到丹娜的臉上掛著一副驚訝的神情。當時他的面頰也感到一陣熱。但扭轉頸子就恢復自然了。他為什麼要介意她的表情呢？她感到驚訝，是為了我有太太和孩子？或是我的太太會在這種地方來向我要菸？或是我滿不在乎向老周要菸的態度？

彎下腰把香菸遞在慧玲手上，慧玲跳著蹦著走向後排。站直身軀就看到那對亮晶晶的黑眼珠了。他太太正凝視著他。那雙眼睛不正是向他提出警告嗎？她會從他的動作，透視出他的心理。她太了解他了。他們就是這樣才結婚的。

那時，她像丹娜一樣唱歌，但他的喇叭吹得並不好。吹不好喇叭沒有關係，他很年輕啊。他在她身左、身右、身前、身後說著、笑著、吹著……只有一年的時間，他打敗了追逐她的所有情敵，獲得了她。到今天，他仍舊在台上吹喇叭，可是聽衆——應該說是觀衆，已不讓她上台了。

她穿件黑旗袍，套粉紅色毛衣，黑絲帶綹頭髮在腦後成一條馬尾。粗看起來，她還很雅致。可是她的身材卻上下一般粗細，成千的觀衆，會聽這家庭主婦唱的歌嗎？

一陣沁肺的香味從他身旁揚起，他鼻子嗅了一下。啊！他只顧思索，樂隊已奏前面的引子，丹娜小姐又走回「麥克風」前，開始唱歌了。

慌急地擎起喇叭，配著歌聲和樂聲吹奏。

現在他感到很吃力，像胸中的氣，被一團棉絮塞在喉中，提不到口腔。他退後一

步，又坐在皮背椅上。「毋須那樣賣力的，」他暗暗告訴自己道：「觀衆中有幾個懂得歌、懂得音樂呢？」坐在第一排當中那個穿深咖啡西裝的中年人，膝蓋上擱一本筆記簿，手裡拿出紫桿原子筆，丹娜唱一首歌，他就低頭寫在筆記簿上。五天當中，他聽歌時，眼球突出，下顎伸長，像要吞下丹娜似的。第二排那個穿長袍馬褂的老頭，也戴著老花眼鏡，狠狠地盯著她……他們不是聽歌，是來看她的呀——看了她以後，又能怎樣呢？那些傻瓜！

「打——」

喇叭拖了一個長音。他猛吃一驚，連忙停住。憋住氣、咬準調，才跟上大家。他想：必須好好的吹，再胡思亂想，就吹走調門了。

他的三個指頭輕幽地彈弄，一面吹奏，一面聽丹娜唱道：

船角剪破了霧浪，湖中的魚兒跳躍。
採蓮的姑娘喜氣洋洋，湖心綻出萬道金光……

丹娜的嗓子拔出一線高音，他的精神也跟著振奮起來，倏地從椅子上站起。側轉頭便見丹娜的臉上漾著笑意，眼珠向眼角波動。他順著她的視線看去，見一個高高的年輕人，正順著甬道，向貼有「後台重地，閒人莫入」的側門走著。他每天都來這兒陪丹娜談天，丹娜不是正在向他拋媚眼打招呼嗎？

他的喇叭又停住了。他想得太多，就無法吹下去。為什麼他要那樣注意丹娜的一切呢？太太看到後，又不知怎樣想法了。

喇叭聲插進樂隊後，才擡起頭看向他太太坐的那個角落。什麼！她已站起身來向外走？難道現在就回家了。她不在這兒，今晚上可以找出機會和丹娜親近點兒——丹娜的朋友來了，他不會有機會；但他的太太卻是生氣走的呀！他並沒有做錯什麼？她為什麼不諒解他呢？

丹娜的歌聲停了。但他仍鼓足氣吹著，喇叭發出一連串的長音：「打——打打——」

大家都把樂器停了，驚訝地看著他。誰都不知道他吹的什麼調。那有什麼關係呢、橫豎觀衆都是不懂音樂的，等他吹完，再讓丹娜唱吧。於是他又脹紅著臉吹著：「打——打——打打——」

——原載《中華副刊》

微波

夏太太推開門走進屋內，把懷抱中剛買回來的東西，放在窗前小圓桌上。轉過身時，她發覺丈夫的臉色不對。他手裡捧著一本書，坐在孩子們身旁，就著燈光看得正起勁，見到她進門——見到她手中的東西，面色才難看起來。唔！他這樣子做給誰看？她才不在乎哩！

「大元！」她大聲喊：「過來，試試你的球鞋，不合腳還要掉換。」

大元放下鋼筆，縱跳在母親面前，撕包裝紙盒，開始試穿。「正好，不大不小。」

「這是三十九碼，比以前又大一碼了。」夏太太感慨地說，看著十八歲的兒子，又高又壯，早把丈夫不快的神情忘記了。「你呀，不愛惜鞋子，成天跳跳蹦蹦，那雙鞋還沒穿到一個月——」

她沒說完，女兒亞莉已竄在她身旁，抓起桌上的紙包，搶著打開，焦急地問：「有沒有我的東西？」

「那包不要動。」母親用右手攔住女兒，左手抓起另一個紙包，遞在她手中時說：「這是妳的，拿去瞧吧！」

亞莉說：「媽媽真好，今天我們真開心……」邊說邊抖開洋裝鋪在胸前。母親眼看著兒子試新鞋，女兒用滿意的目光盯著掛在身上的白底藍花的洋裝。她想，他們都是孩子，一點點新奇的東西，就感到滿足和高興。而且這些都是他們必需的物品，她為什麼不讓他們滿足？真不知道他們父親為什麼那樣不開心。

她心裡覺得好笑。為什麼他會變成這種樣子？平時他對家中瑣事向不關心；今天買了這點東西，他卻把眼睛豎了起來。好吧！他要煩神就讓他多煩一些吧！

側轉頭，見丈夫已拋掉書本，把眼鏡抹下平放在桌上，正睜大眼睛瞪著她。

於是她又把桌上的另一個紙包打開。淺紅的薄綢披在肩上，深咖啡的達克龍衣料比在腰際，打了一個迴旋，才對丈夫說：「你覺得合式不合式？」

「合式怎麼樣？不合式又怎麼樣？」

她聽出丈夫不滿的語調，但她還是輕鬆地說：「我要做了穿啊！」

「妳要做了穿？」丈夫的眼睛瞪得更大了。「妳也不用鏡子照照自己？二十年前妳就該穿的；現在就該讓給亞莉穿了。」

亞莉說：「媽媽！是買給我的吧？我要，我要。」

「去，去！」母親說：「去做妳的功課，不要在這兒胡鬧。」

她感到一陣悵惘。不用照鏡子，便知道自己面皮皺了，腰身粗了。上個禮拜，她和丈夫一齊到北部去參加內姪的婚禮，就有這種感覺。當時，她和丈夫並排坐在火車的

卡座上，丈夫的對面，坐著一個二十多歲的女郎，淺紅上衣，深咖啡色的窄裙，全身緊繃繃的；從上車時候起，他的眼睛就沒有離開過她的身上。當然，那女人又年輕、又美麗。可是她丈夫呢？他已老了，老花眼鏡插在襯衫口袋上，背帶吊著西裝褲，褲腰像無法遮住肚皮；但他還看著那女人，那女人也不時的看著他。她想：如果不是她緊挨著丈夫坐，他可能就會和那女人談得很起勁——誰會知道有什麼事情發生。

那女人帶了一個大西瓜，用草繩縛著放在座位下面。車子顛簸晃動，那女人準備下車時發現草繩抖散了，正愁眉苦臉。她丈夫即低下頭去，蹲著幫她綑西瓜，那女人見有人為她服務，便坐在一旁看他綑啊、紮啊！左打一個結，右打一個結。西瓜綁得結結實實，她丈夫才站起來坐回原位，吁吁地喘氣，對陌生女人齜牙笑；那下賤的女人回他一個媚笑，再說「謝謝！」

她當時心裡有一陣又酸又涼的感覺。幸好火車到站，那年輕的女人向她再向她丈夫點點頭，便提著西瓜下車了。如果只有她丈夫單獨在車上，他會不會幫她拎西瓜送她下車，僱車送那女人回家？

「你看，我穿起來以後，」她上前二步，站在丈夫面前問：「是不是和那女人差不多？」

「哪一個女人？」

「你幫她綑西瓜的那個女人啦！」

「什麼，妳還記得那件事？」她丈夫突地從椅上站起來。「妳真小氣，在公共場合替女人做點事，到現在妳還掛在心上，就把錢亂花錢！我幾時亂花過你夏家的錢？……」

她怒火上升了。「為什麼說我是亂花錢？幫孩子和自己買點用的和穿的算是亂花錢！我幾時亂花過你夏家的錢？……」

「好了，好了。」丈夫語調緩和下來，像不願和她爭執下去。「妳過去怎樣花錢我不會過問；可是現在妳把我這個月的薪水花光，就無法實行我們的計畫——」

「計畫！你有什麼計畫？」她感到非常詫異。以往他不論有什麼事，總和她商量、研究後才去做，怎麼他現在有自己的計畫？「你要跟那個下賤的女人約會，請她吃飯？」

她丈夫皺了皺眉頭，說：「不要歪著心眼兒說話。妳不知道現在是什麼季節？」

「當然知道。」她說，把手中抖亂的衣料慢慢折起來。「現在是初夏，年輕的男人、女人都要準備夏裝，我這個老太婆也不例外，我的錢一點兒也沒有花錯。」她轉過臉去對兒女們大聲說：「你們都把東西放下，好好做功課。考試有一門不及格，鞋子和衣服都不給你們穿。」

大元說：「是！媽媽。」「及格了以後，我要穿媽媽手上的衣服。」亞莉說完，做個鬼臉跟在哥哥後面，走回桌旁做功課。

掉轉頭，見丈夫仍愣愣地看著她，她問：「我的話有沒有說錯？」

「錯是沒有錯，」丈夫說：「妳應該知道：還有比製夏裝更重要的計畫。」

她突然想起她丈夫的計畫還沒有說明，「你真是老糊塗了，說了半天，還沒有把你的鬼計畫說出來。到底你有什麼了不起的事啊？」

她丈夫咳了一聲，慢吞吞地說：「我的計畫說大也不大，說小也不小，那是我們家的『防颱計畫』。妳只曉得那帶西瓜的女人重要，就記不得去年『波蜜拉』小姐的教訓了？」

她的火氣更大了，「你還有臉說呢？『波蜜拉』來的時候，你躲在外面不回家。寢室、廚房的屋頂的瓦吹跑了，門鈕也吹垮了。屋頂漏水，門窗進水；牀鋪上有水，書櫥內有水，衣櫃裡有水；家中到處都是水。電線斷了，沒有燈，也沒有火。我們娘兒三個，一天一夜沒有吃的、沒有睡的。釘門、釘窗子、舀水、搬東西……差點把老命都送掉了。你今天倒說得那麼輕鬆？我一輩子都忘不了『波蜜拉』的教訓！」

大元說：「我也忘不了那個教訓。我有個最要好的同班同學，就是在『波蜜拉』來的時候，被倒下來的房頂壓死的，死得好慘哪！到現在我還記得她那個慘樣子。」

「爸爸！颱風真的又快來了？」亞莉說：「今年颱風來的時候，爸爸不要再離開家了。好怕人哪！」父親沒有理他們，仍向著母親說：「大家都怕颱風，妳卻把錢用在花花綠綠的衣料上面，去防那個不知道姓名、地址的女人身上去。門窗要修，電線要換；水溝要疏濬，屋頂的瓦和窗腳那一垛牆，都要重鋪重建。看妳哪兒來的錢去付水泥、木料和工人的錢？難道穿起漂亮的衣服，坐在房子裡，風神就捨不得照顧我們的屋頂、門窗、牆壁……」

夏太太把衣料抛在小圓桌上，順手撿起黑皮包，慢慢打開，掏出一個小簿子來，翻開一頁，湊在丈夫的面前，問：「這是什麼東西？」

「結存七千一百五十六元八角。」他念完就伸手搶了過來，翻開封面見是郵政儲金存摺。接著便笑道：「妳真是好太太，是賢良的家庭主婦。有了這筆防颱基金，不論妳買什麼衣料、鞋子、尼龍絲襪，我都不管——」

「本來不要你管嘛！」她說，「妳什麼時候管過家庭裡的柴米油鹽，你還是去管年輕女人的西瓜吧！」

「好了，好了。」他把存摺遞還太太。「下次別人的西瓜壞了、爛了我也不管；颱風來了我也不管；木匠、泥水匠、電氣行老闆……完全由妳交涉。『波蜜拉』再來的時候，有損失就要妳負責。」他說完便跑回桌旁，戴起眼鏡，又湊著燈光看書了。

——原載《公論副刊》

偏見

這是一年以前的事。

晚上九點多了，我從街上回到學校宿舍；房間裡靜悄悄的，只有王柏坐在桌旁呆呆地出神。

「吃一塊吧！」他指著桌上的糖，低聲地對我說。

我覺得自己已通曉世故，不會為丁點兒小事吃驚了；但他這舉動，卻使我詫異得手足無措起來。

他和我同住在這房間內兩年多了。我們合用一盞燈、一張桌子自修；在一張牀上睡覺。不過他是在樓上（上鋪），我卻睡在樓下。儘管我們的生活關係是如此密切，但我們的情感距離，卻像南北兩極似地一樣遙遠。經常三月兩月說不上一句話，唯有在不得不說話時，才互相敷衍一下。今天他主動的表示友好態度，怎不使我驚奇哩！

「不，謝謝！」我懶懶地說：「我不想吃。」

他停頓了片刻。「你明天離開學校嗎？」

「唔——」我拉長嗓音，表示我內心不願和他談話。

「我想和你……和你談一談……」他結結巴巴地說。

這時我知道他為什麼請我吃糖了。幸虧我拒絕了他，不然，吃人家東西嘴軟，此刻就不好講話了。

「我們沒有什麼好談的。」我冷冷地說，一面脫著上衣。

「不！」他紅著臉口吃地道：「我想知道你……你們，尤其是你，待我為什麼那樣冷淡？」

我們這寢室八個人，除他自己外，其餘的人都在跟他作對；大家不是揶揄他就是嘲笑他。我真奇怪他在今天提出這樣問題，我們的學業已經結束，明天就要天南地北各自西東了。在這分離的前夕算舊帳，多麼蠢，我對自己說。

「你真的要聽——？」我想藉這機會教訓教訓他。

他連連點頭，做出十分期待的表情。

我已脫去鞋子坐在牀上了。「第一，」我裝作毫不介意地說：「他們都認為你太……太驕傲！」這僅是我個人的意見，但卻借了大家的口吻，加重了語氣。

「驕傲？」他喃喃地道，像從來就沒有聽過這名詞似地。「被人指作驕傲，是最大的恥辱！」

看到他那顢頇的神情，我真要笑出聲來。平素他的言行舉動，我都看不順眼；這時更從心底覺得他面目可憎。

王柏走進我身旁，沿著牀邊坐下。「他們為什麼要這樣說？」他虛心地問。

「你不知道你自己的態度？」我聳聳肩回答。「你終日只顧自己，不理別人；像誰都欠了你的債不還似地，你成天給臉色讓大家看。」

一層憂鬱的霧籠罩在他的面龐。「那是我……我……」他像從遙遠的憶念中醒來，結巴地說了一半，忽地又停住了。「第二呢？」

「他們認為你不應該時常酗酒。」我已躺在牀上了。

「天啊！時常？」他叫屈起來。「我只在這裡因喝醉吐過一次呀！」

「誰知你在外面喝醉多少次！」我不屑地說。「人人都知道：飲酒過量，會誤時誤事。你是正在讀書的學生，就連一次也不能原諒！」說著我在枕邊抓起一本書。

「真的不能原諒嗎？」他哆嗦地說。

拿起的是一部財政學，我打開在支出論這一章。書中正說到不論公、私經濟，均應「量入為出」。這使我突地想起明天回家的旅費，在今晚全部花光了，還不知道怎樣去籌款呢？這正是最大的諷刺。內心不由地煩悶了起來，隨即拋開書。「去你的吧！」我說。

我本是心底的話，於是不知不覺衝出口。看到王柏因這句話所受的刺激和引起的不安，我感到十分後悔。同時對自己的缺乏修養，覺得非常歉疚。

「你一定要聽我説明白，」他結結巴巴地道：「那天是……是我父親的祭……祭

辰……」

「那更不該喝醉。」我嚴峻地說。我再也不願和他談下去了，又從枕邊書堆最下面抽出另一本書，我預計那是一部小說。在學校裡讀小說，都是排在最末的。

「我當時的心境太壞了，」他低聲地解釋道：「因為我沒有遵守父親的遺言，……」

「好兒女，就該聽父母的話。」我認為他已墮落到不可救藥的程度了。「你為什麼不那樣做？」我責難地說。

「他……他不讓我繼續念法律。」他苦惱地答道。

「讀法律不是很好嗎？」我也奇怪起來，目光在他面上掃射一周。「不論當律師、做法官，都是高尚的職業。」

他低頭想了一想。「我父親是一位法官，」他說，「他判案時，因疏忽誤了一條人命。事後不久，就抑鬱地死了……」

「但這與你無關啊！」我對他的遭遇，已表示同情了。

「他臨死時對我說，」王柏接著學他父親的口吻：「王柏！你一定要記牢，法律是代表正義和真理的，在法律面前，不該感情用事，更不能意氣用事。我昧著良心做錯了事，已後悔無及，我不能讓你再蹈我覆轍，所以要禁止你……」王柏的眼淚簌簌地落了下來。

「可是，你並沒有放棄啊！」我又感到糊塗了。我覺得他父親是個正人君子，因此對他也起了敬意。

「做任何事都要憑良心，為什麼我要放棄讀法律呢？」他嘆著氣道。「所以當我父親死後，我感到非常苦悶、非常矛盾。由於我的憂鬱，大家就認為我是驕傲。因此——」他遲疑起來，畏葸地看著我。「我勸你，朋友！在沒有獲得確實的理由和證據以前，千萬不要冤枉好人！」

我的心彷彿被針刺了一下，我突地坐了起來。

「我真慚愧！」我拋去手中的書，抱著與過去完全相反的見解，將手伸向他，我們緊緊地握著。

「那不能怪你，這是時代，這是進步的時代必有的現象；」他激動地說：「人與人愈接近，心與心愈隔離！」

我羞赧地低下頭，視線正接觸到剛才拋去的書的封面。那正是琴・奧斯婷的名著：《傲慢與偏見》。這使我想起，世界上的誤解與偏見，比任何作惡都要誤事！

——原載《中華副刊》

酷刑

歌聲混在音樂聲中，從歌場滾出在半空打轉，我醉醺醺的踏進場。已演唱很久了，場內擠滿聽衆，我在舞台後側的角落坐下，這是最不好的座位，只能看到歌星的脊背和面頰；但我並不覺得委屈，因這排有三個座位，先我而來的二人坐在我的兩旁。我來得這麼遲，只算是湊熱鬧。

場內門窗緊閉，空氣混濁，加上香菸的燻炙，眼睛難以睜開。台上有個身材細小的女人唱著，音調很弱。僅見她的身體律動，歌聲已跌落在洋喇叭聲中了。

聽衆都在浮動，有談天的、吃瓜子的、格格大笑的，還有相互嬉鬧和扭捏的……像誰都沒有聽，我很奇怪：大家擠集在此處，就是為了來享受這污穢的空氣？

好吧，我憤懣地幾乎是報復性地燃起一枝菸，我何必獨自守秩序呢！煙從口中噴出，抑鬱像舒散了不少；但高粱酒的火燄仍在胸膛內燃燒。

一隻手搭上我的左臂。這一定是鄰座怪我遮住他的視線要干涉我了。我有坐的自由，他管得了我？我用惡意的目光掠過去，見是一隻白皙的手，皮很皺了，手指卻纖細柔長。我的心突然軟化了，他一定不是粗野的人。

「謝謝你！」他說得很輕，手豎在我的面前借火。這使我想起自己燃菸時，他曾捺打火機，大概他的打火機不靈了。可能他早已向我開口，因我沒有聽到，他才這樣做。他說話和動作都是羞怯怯的。

在打火機的光燄中，見他的鼻子很長，按他臉的比例來說，要長到三分之一。他的臉是長方形，像一張麻將牌，前額有很深的皺紋，約有五十五歲的年紀。

他遞打火機給我，我目光滑落在他身上。他穿黑色外套，大衣攤在膝上，兩隻手合起插入膝彎內。他已察覺我在打量他，顯得忸怩不安。此刻我很同情他，他緊靠著牆角，比我的座位還要壞，怕連歌星的左頰都難看到，他可以坐我位置的，現在卻委屈了他。

「拍……拍……」

全場場起掌聲，我收回目光扔到音樂台上。報告員的話先沒有聽清，現在已報告完了，我無法知道大家為什麼那樣狂熱。聲浪靜止了，坐在我右旁的人，還獨自緊鼓了一陣掌。我目光不屑地溜向他，見是一個二十歲左右的小夥子。一種憐憫的感覺從心底升起，他太年輕了，我嘆息著。

掌聲又爆裂，還夾著口哨和浮滑的怪叫聲，空氣更惡劣。喧囂醒了我的醉意，但腦子更糊塗，血管像要爆炸了。

另一歌星從掌聲中蹦出，右鄰年輕人的掌聲更響更急，像要把全身氣力運用在兩手上。我忽地發覺左鄰的中年人也默坐著沒有動。他和我一樣，被酒將神經麻醉了，我想。

我突轉臉問他：「你也是第一次來？」

他愣視著聽眾，目光並不在台上。大概他沒想到我會對他說話，乾急了半天。「不，不……」他並未說清楚想說的話。我很奇怪自己會對人囉嗦，一定是酒喝多了。酒喝多了的人，心中是存不住話的。

我的目光也跟著他的視線散開去了，見大家都瞪著眼、屏著氣，集中精神在台上，全場沒有一點雜聲，只有燥裂的音樂聲在浮盪著。一個新的意念倏地襲擊我，連忙將目光折回擲在歌星的身上。她還沒開始唱，站在「麥克風」前，身體隨著音樂的旋律蠕動著。我看不到她面部表情，但見全場觀眾瞇著眼、張著嘴緊盯著她，彷彿就要將她吸進肚腹似的垂涎著。

一件銀灰色的短袖長衫，緊裹在她身上，像和皮肉連在一起長成的。起伏的弧線在緋紅的燈光中動盪，高粱酒的火燄又在我腹中躍騰了。

側轉頭，見左鄰仍凝視著群眾。他縮著肩、伸長下顎，眼睛骨碌碌的瞪著大家。他呼吸很急促，兩隻手相互搓絞著，顯得很緊張。好像他在群眾中，發現仇人，要立刻抓出鞭撻一頓似地氣憤。他不看台上「美麗的動作」，我感到很奇怪；難道在他的座位上，無法看到她嗎？我將身體迎上前，符合他視野的角度，只要他側轉頸子就可以見到

她了。一定是他的眼睛瞎了，不然絕不會這樣鎮靜，我對自己說。

「很過癮——」右鄰的年輕人猥褻地說。我以為他是自言自語，沒有理他：他卻用左肘輕觸著我，大概要我同意他的想法。我憤怒極了，他為什麼對我說這樣的話，儘管我內心浮躁，但我沒有什麼表示。他可能將我對中年人的好奇舉動看在眼內，認為我也很輕薄。

我很喜歡那中年人了，覺得他非常深沉，現在我想知道他的態度。轉頭便見他瞪視著年輕人，膝蓋抖動著。我嚇了一跳，知道年輕人的話已觸怒了他。他們不會打架吧！可是，他為什麼要對年輕人生氣呢？年輕人專心在台上，沒有發覺他的反應。

他見我睇視著他，隨即低下頭，右手輕擊著膝蓋，像跟著歌聲打拍子，但我知道那是假裝的，因不合節拍。歌聲很尖很硬，在耳內轉不過彎來。這可能是酒精麻醉了我的聽覺，才覺得她的聲音刺耳，群眾不是都很細心的傾聽嗎？

「好啊——」

「再來一個！」

她唱完一首歌，熱騰騰的聲浪又在場內滾動。她接受邀請，準備唱第二首歌。樂隊開始演奏，她在等待著。

「嗯——」年輕人用輕薄的口吻說：「她的性感很叫座！」我確知他又對我講話了，真想對準他的鼻子豁一拳，但我終於沒有那樣做，因為想起在公共場所吵鬧是不聽明的；同時察覺左鄰的目光又射過來。我斜睨著他，見他正握緊右拳，要做敲擊的姿勢了。我急將上身倒向椅背，怕他打年輕人時誤撞到我，我不願夾在糾紛的漩渦中。

他彷彿已懂得我的用意，赧然地放開拳頭，用大拇指和食指轉動著大衣的一個鈕釦。他的牙齒咬著下嘴唇，氣息仍短促，內心像經過很大的掙扎才靜止下來。我想：他極富正義感，為我受年輕人的侮辱打抱不平呢！歌星的眼睛溜向群衆，右鄰的年輕人，搔耳朵，做怪動作，起立又坐下，像要引起她的注意。她的目光真轉到我們這角落來了，她的眼睛很大，眼珠很黑很亮，又有一個橢圓形的臉。現在，她對我微笑了。不，還向我點頭哩！啊，我在作夢嗎？是的，想起來了，我是喝醉酒的人啊！

右鄰年輕人的眼睛斜過來，我的心像被猛刺著，跟著過去。那中年人正和那歌星微笑著點頭哩！原來，他們是熟識的。

她又提高嗓音在叫了，但我一直沒有注意到歌聲和觀衆，只是默想著他和她的關係。他可能是歌場經理，為了要測驗聽衆對歌星們的反應，才跑到這角落來，這是綜觀全場最好的座位了。不，經理不需要這樣做，他的樣子很老實，也不像經理。那麼，他一定是花金錢和時間追求她的傻瓜了。可是，他的表現不熱烈，既不叫好，也不鼓掌，連看都不看她一樣。為她捧場的人，怎會坐到這死角來呢？他一定是她的丈夫或是什麼同居人。他的年紀雖大一點，可能很有錢，歡場中的女人都喜歡有錢的；剛才那年輕人侮蔑她，他不是表現出像要揍他一頓的樣子嗎？

我不知歌聲和音樂聲是什麼時候停止，場內的人已湧向太平門，我和那中年人仍僵著沒有動。過了一會兒，我剛站起，便見那歌星微笑著走向我，我又醉了。

她站在我身旁，說：「我們走了！」我愣了一下，但隨即領會到她不是對我說的，連忙退一步看著他們。她接過他手中的大衣輕聲說：「爸，穿起來吧！」

他兩手向後一伸，套上大衣，順便看我一眼，正碰上我凝視著他的目光；他立即垂下眼皮，脖子都紅了。

這時，我的酒全醒了。

——原載《青年日報副刊》

老沙的困惑

老沙走出房間，鑰匙在鎖孔內轉動，門已鎖好了；但他還是打開門，重行走進屋內，對著掛在窗旁缺了一角的破鏡子，檢視自己的儀容。不是挺好嗎？鐵灰色的新西裝，紫紅斜格帶領，正顯出他年輕、英俊——想到英俊，心裡就感到不舒服。辦公室的同事，不知是誰突地幫他起了一個「哈老哥」的雅號——那是報上連載漫畫上的一個滑稽人物，他真哭笑不得。不管他承認或是否認，同事們在人前人後一律喊他做「哈老哥」。他的個子本來不高，加上近來漸漸發福了，肚皮一天天向外挺，再有一柄煙斗和禮帽，就和原版的「哈老哥」一模一樣了。

可是，他和「哈老哥」畢竟不同啊！「哈老哥」有一個有錢的丈母娘，還有一個漂亮的太太，而他還是「孤家寡人」一個，真沒有像「哈老哥」那樣豔福——現在好了，鄰居張太太，答應幫他介紹一個女友，今天就是約會相見的日子。所有的本領，都要在今天表現了。

他很不贊成張太太的意見，但他還是做了一套新西裝。他有真本領、真學問，女孩子一見就會喜歡他，何必靠外表去吸引人家呢？平時他穿的衣服，都是同事們出讓的

舊貨，價錢既便宜，穿起來，坐臥又方便。連鋁片的領帶別針，也是一個同學因為上鏽不用，被他撿回的。現在他的樣子全變了，變得使他自己也不認識自己了。有這樣的外表，再加上自己的才幹，還愁相親的事不成功？

但他還是不放心。這是他人生歷程中第一件大事，他一定要做得很出色，使張太太對他另眼相看。張太太擔心他把相親的場面攪得很糟；三天前就叮嚀這、叮嚀那，要他準備。他口中答應，內心卻暗自好笑。平時不知見過多少大場面、大人物，還會在乎見一個二十來歲的黃毛丫頭？但他還是把領帶的結扯緊、扶正；又用破布把皮鞋上的灰抹了抹。此刻才看到腳上的皮鞋，泥巴很多，如現在來擦，穿著整齊的衣服，既不方便；而且時間上也不許可，他已延誤二十分鐘了。

走出門，老沙有點飄飄然。這是一個蛙鳴、鳥叫的好日子，夕暉抹在捲纏於籬笆上蔦蘿的白色花蕊上，顯出耀眼的紅光。汽車在公路上「嘟嘟」地馳過。遠處傳來雄雞的啼聲……一切都順理成章，他的喜事還不是跟著就來了。

張太太雖在門前等他，幸而那位小姐還沒來。張太太仔細打量他全身後，沒有什麼批評和讚美，但他從她的眼色中看出，張太太很滿意自己的打扮呢！他完全按照她所說的去做了呀！

儘管自信心很強，但他還是非常緊張。張太太為他泡了一杯茶，又回到廚房去張羅。他兩腿夾緊，筆直地坐在沙發上，兩眼愣視著門口。他希望她早點來，免得一個人

在此地活受罪。但又希望她不要來，他心中總覺得還有什麼沒準備好。如她失約了，他是高興還是悲哀——當然，「悲哀」這個想法不大好，他一定很快樂，他想。

好了，來了。一個穿粉紅上衣、碎花肥裙的女孩子向屋內探頭一望，見到他又縮了回去。他連忙跳起，大聲問：「妳找誰？」

「張太太在嗎？」女孩怯怯地問。

「張太太不在這……」他說了一半。本來他想說：「不在這兒，是在廚房內——」可是她沒聽完就轉身走了。

幸而張太太竄出來，大聲喊著：「麗娟、麗娟，幹麼要走？」

她和張太太有親戚關係，而且是晚輩。張太太出門親暱的把她拉了回來，跟他們互相介紹。剛才他急了一身汗，如不是張太太碰巧聽到，事情就鬧僵了哩！

老沙不敢仔細看她，但在介紹時，她的模樣兒還是大約地知道了。她很矮很胖，渾身上下一樣粗。雖然穿著二寸半的高跟鞋，也顯不出一點兒曲線。這樣也好，倒和他是天造地設的一對兒，很有福相哩！

張太太真忙，只照顧他們一會兒，又進廚房張羅晚飯的菜了。現在她坐在靠門口的沙發上，左腿壓在右腿上，花裙遮住了全部腿和腳，只露出閃亮的黑鞋尖。他們默坐著怎麼行呢？他應該負起談話的責任；而且，這正是他表現自己本領的好時機，怎能輕輕的放過。

「妳的工作忙嗎？」他問。

「我！我還沒有工作，」她紅著臉說，「我成天閒著沒事做呢，你，你一定很忙了？」

真對勁，一句話就引出表現自己的機會了。「忙倒不忙，就是閒工夫不多。白天下班了，晚上十點鐘還要到另外的地方去上班，直到五點鐘——」

「日夜不睡覺，不是太辛苦？」

「那算什麼呢？」他雙臂揮舞著說：「我每天只睡四小時就夠了，根據我的精力，我可以討兩個太太——」

她詫異地說：「討兩個太太？」

「是啊！」老沙的唾液飛濺，「我的父親和伯伯、叔叔，他們都討兩三個太太——」

「那麼，你一定認為討幾個太太，是幸福的了？」

「噢——」他一時想不出用適當的話來回答。張太太已走進客廳，笑著扯開話題：「沙先生真會說笑話。麗娟，妳的頭髮改成這樣真好看，在哪一家做的？」

麗娟說：「還是在『小上海』那家呀。」接著她們二人就評論那家燙髮師的手藝、服務態度，把他冷落在一旁。他很奇怪張太太的做法，他們談得很投機，她為什麼要插進話題來閒聊。

「妳們女人燙頭髮真麻煩！」他大聲說。「為了漂亮，真是活受罪。」

張太太掉轉頭來，狠狠地瞪他一眼。「你們先生們還不是一樣，理髮、刮鬍子，不也是為了漂亮？」

「我們不是為了漂亮，」他答辯道。「不刮鬍子、不理髮，就變成野人了。」

「那麼，」麗娟說：「你為什麼不剃光頭？」接著她又和張太太討論起裙子的式樣了。他很奇怪，今天為什麼她們都不喜歡他說的話？他好容易把話頭引過來，張太太兩句話就岔開了。這算是幫的什麼忙呢？難道張太太不願意玉成好事？可是，她又為什麼要介紹她和他相識？

他站起來走動，顯得很焦急。用什麼方法引起她的注意？花那麼多錢，做了一套新西裝，好像她還沒看過一眼呢？他站在窗前，一隻紫紅色蜻蜓，輕盈地划過。夕陽燒紅了雲塊，青白的炊煙悠悠地上升……一陣焦香跟著飄來。

張太太倏地站起，向廚房內跑。說：「我的飯全燒焦了！」

現在又只是他和她在一起了。他的本領還沒有完全表現，他的學問她一點兒都不知道。他還沒有想起如何開頭，剛坐下，就聽到她說：「你這樣忙，讀書和娛樂的時間，不是都沒有了？」

「這真不算忙。」他回答：「我以前一面做事，一面讀兩個大學——」麗娟搶著問：「兩個大學？」他用堅定的語氣答道：「我自己念國立大學，還替一個朋友，到另

外一個大學去聽課。一個人，如果不念個把大學，還能算人？」他用一種得意的神情，和自信的語調，說出自己想說的話，他對自己的辭鋒感到非常滿意。

「可是，」麗娟說：「我，我沒有念過大學啊！」

他接著道：「妳當然不同，妳是女人哪！」

她不高興地問：「女人就比不上男人？」

他說：「女人就是女人，怎能和男人相比呢？」麗娟沒有講話，像很信服他的言論。

張太太剛跨進客廳，麗娟便站起身來，說：「媽媽等我吃晚飯哩！」

「怎麼啦？」張太太問她，眼睛看向老沙。

老沙搖頭，表示他不知道；也在說明她臨時變卦，並不怪他。她堅持不在這兒吃飯，張太太送她走了以後，便說：「我老早告訴你，要你準備，為什麼今兒一直就胡說八道？」

「妳還怪我？」老沙叫起來。「都是妳們女人——女人的事，真難纏！」

張太太搖搖頭說：「你真是『哈老哥』的蠻脾氣！」

——原載香港《文壇》雜誌

一瓶牛奶

五十八歲的邱老頭，送完牛奶回來，將裝滿空瓶的帆布袋從自行車上搬下。然後提了一瓶鮮牛奶，走到隔壁房內，將奶瓶放在靠窗口的一張桌上，便四處找尋空瓶。

這是客房江先生住的屋子，他剛搬來不久，便定了一瓶牛奶。每天他很早就送給他了，今天是星期日，江先生起得較遲，他在送完牛奶後，回家時才帶給他。

他在江先生房內躡手躡腳地探望著，到處都沒見空瓶的影子。他感到奇怪，空瓶每天都放在這桌上，今天為什麼會不見了呢？他不願再花時間找了，認為那空瓶一定是滾在什麼角落裡，不久便會發現的。他正要跨出門，側轉頭便見江先生瞪眼躺在牀上。

邱老頭突然感到尷尬起來，他自己在別人房內東張西望，算什麼一回事呢？一定要說明原因了，於是他揚聲道：「空瓶到哪裡去了？」

江先生直著脊背從牀上坐起來，伸了一個懶腰，迷糊地說：「在對面屋內。」

「什麼？」老人驚詫地問，像沒有聽懂他的話。對面是邱老頭兒子和媳婦住的屋子，他已和他們吵過嘴，說過再不與他們往來了。現在他雖和他們同住在一個院子內，他不和他們說話，獨自一人燒飯吃，他們為什麼要拿他的空瓶哩！

「噢！」江先生拍著腦袋，像在想那空瓶跑走的理由。「那是拿小龍拿去玩的沒有送回。」小龍是邱老頭三歲的孫子。

邱老頭沒有聽完，便轉身向外跑，到院中衝著對面的門叫道：「快把空瓶拿出來！」

「來啦！來啦！」屋裡是他媳婦回答的聲音。「小龍啊！把瓶瓶送給公公。」

邱老頭氣虎虎地兩手撐著腰，雙腳分開使勁站著。含笑的陽光，輕熨著他的兩頰和手臂，使他身體有一種軟綿綿的感覺，但這並沒有減輕他的憤怒。他想到那隻瓶絕不是小龍拿去玩的，江先生並沒有吃牛奶，而是他的媳婦請江先生代定給小龍吃的。小龍在以前一直吃牛奶，吵架後他就不帶給他吃了。他們現在竟用這手段來欺騙他，他怎能忍受這種事呢？

小龍踽踽的搖晃著走出來。兩手倒抱著空瓶，站在走廊下呆望著。「公公，瓶瓶。」

邱老頭更火了，他怪他的媳婦不親自送瓶來。現在小龍站著不走，難道還要他自己跑上前去嗎？無論如何，他此刻是不願意遷就小孩的。

「來！」邱老頭被壓抑的憤懣，在喉中扭曲成燥裂的嘶聲，「拿過來。」可是，小龍並沒有領會到公公的心情，仍晃蕩著空瓶。「你來啊——」

邱老頭真想上前去打他兩記耳光，或是踢他兩腳。但他知道：大人借小孩出氣，是不合道理的。如果他那樣做，一定會惹起別人笑話，他現在隱約地覺得江先生在背後窺

探；扭轉頭，江先生真的在旁注視著他，他不好意思再僵持了，便上前拿回空瓶，掉頭便走。

小龍「哇」的哭喊起來。他腳步停頓一下，想看清小龍是不是摔倒碰破額角了。但他怎能當著媳婦的面，表示出關心小孩的樣子呢？他眼角斜視著，見她正在窗口看著他。

他蹦跳著衝進屋內，空瓶被摜進帆布袋，便將自己摔在牀上。他兩手托在腦後，舉起頭向外凝視。清麗的陽光，潑在潔白的李花上，他好像嗅到被蒸發的花香。在微微搖曳的花影中，彷彿看到小龍張大嘴巴吼著，兩行眼淚順著紅胖的面頰向下爬。他現在不明白自己，為什麼要發這麼大的脾氣了。當然，他覺得他的媳婦太過分了，小龍要吃牛奶，只要向他說一聲，他一定會帶一瓶給他的，為什麼要轉請江先生呢？難道她真的不理他了？他才不要理她哩，從吵嘴後他就這樣決定了。

吵嘴的事並不怪他，他的媳婦出去玩了，將小龍放在家裡無人看管，結果是哭啊、鬧啊亂成一團。她回來，他就罵她一場，但她頂撞地說，小龍是她生的，不要他管。好啦，他對他們的一切都不管了，但小龍為什麼又要吃他的牛奶呢？他一定要將這件事弄個明白。

他倏地從牀上躍起，衝進江先生的房間，江先生正抓著一把牙刷刷牙。

「你的牛奶，從明天起停送了！」邱老頭的話，像一塊冰磚擲在江先生的臉上。

江先生愣視著他，被他臉上氣憤弄糊塗了。「不是為了我沒有先付錢吧？」

「不，不。」他答，在屋中頓著腳，「我受不了這氣，牛奶絕對不送給你了。」

江先生見他的眉毛揚起，臉被慍怒扭歪了，便勸他道：「您別急，先把事情弄明白；沒有誤會，人們就沒有糾紛了。」他指一指桌旁的椅子。「請坐啊！」

邱老頭正要坐下，側轉頭便見他的媳婦抱著小龍向這裡走來，他不願和她面對面相處，便搶著跨出門外。

「喊公公啊！」她低頭對小龍說，這時她正攔住他，將搭在手臂上的一件灰色毛衣，擎在他的面前。「這是替公公結的。」她說：「這幾天早晨特別涼，有了年紀的人，是不能受涼的呀！」

他怔視著那件毛衣。不知道是接受的好，還是拒絕的好。

「公公！」小龍從母親手中搶過毛衣，伸手向他。他勢將小龍抱了過來。這時他感到身上的血從頸中湧往頭部，他不願將自己的紅臉給媳婦看到，便將小龍的臉，緊貼著自己的面頰。

「小龍的體重減輕了，」邱老頭乾咳著說：「明天還是帶一瓶牛奶給他吃吧！」

江先生在屋內聽到後，掉轉頭便看見伏在公公肩上笑嘻嘻的小龍，他便對小龍做一個滑稽的鬼臉。

——原載《青年日報副刊》

颱風前

妳說我滿面紅光是高興？不是；更不是胭脂抹得勻稱——一大早上班，哪有時間化妝。我是下了車，在雨地裡跑了一大截路，熱血沖在臉龐，加上汗水、雨水。看起來又滋潤、又漂亮，是不是？

說真的，外面的風勢不小，雨也越下越大。妳住在宿舍，沿著走廊來這兒，就不知道這次颱風的威脅强弱。今兒我們的工作也許會煩得多。趕車回家的旅客不少，搭不上車，說不準就要發脾氣。

先把雨帽掛好，雨衣放好，把公事料理好再談私事。我的脾氣，妳該知道：不遲到，不早退，公事公辦，是我服務的信條。我雖然是年紀輕輕的女孩，在工作方面，絕不輸給男人。我坐在服務台上，精神就不會委靡，不管昨晚有沒有睡好覺。

我們共事雖不久，妳既然關心我；我也不必瞞妳。昨晚不但睡得遲，躺在牀上「輾轉反側」睡不著，算是一夜沒有闔眼。

又送來一份新的颱風資料，請妳廣播給旅客聽吧，我喉嚨沙啞得說不出話來了。

這位先生要換硬幣打公用電話，我來數給他。

五個銅板雖然是小意思，但數錯了很丟人。橫豎坐在這服務台上沒事做，多數一遍，妳又嫌麻煩。做任何事都得小心，才不會吃虧上當。

怎敢教訓妳！我調到站上來還不到一個月，妳在服務台待了兩年多，是我的老前輩……

抱歉，我說錯了。妳是資格老，年齡不老。看起來，妳比我年輕五歲，而學識、經驗，不知要超過我多少倍，跟妳學習還來不及——

是真話，不是高帽子，信不信由妳。

有旅客來詢問了。這個女人負擔很重啊。脊背上馱一個男孩，右手牽一個女孩，而左手還提一個大旅行袋。

「要南下嗎？沿路十二處坍方，不能通車。」

「北上？現在還是暢通。」

現在沒有旅客來囉嗦，可以把經過告訴妳。我們昨兒玩得好痛快啊。紀局華一早就來接我，我們先划船、再爬山，然後到觀光飯店看表演。他替我拍了不少照片，過兩天，等照片洗好了，我要帶來給妳看。

我是第一次跟紀局華出去玩，也是第一次結交異性朋友。看起來，很不錯嘛！姓紀的年輕，長得帥，對我慇懃、體貼，手頭又很寬綽。

妳想知道我怎麼認識他的？說起來，真的很「羅曼蒂克」哩！起初我是跟著車子做售票員。對了，就是大家說的車掌。

車掌真不好幹啊。跑東跑西，風裡來，雨裡去。車身顛啊簸啊，在人堆裡擠啊、撞啊。冬天凍得發抖，夏天被汗臭薰得發昏，如遇到不講理的旅客，便被氣得斷了命根。

這不是廢話，妳聽下去就明白了。又是輪到我禮拜天下午的班。禮拜天的旅客真多。妳在服務台上，可以看到候車室的人們鬧嚷匆忙，但在車上就覺得像是香腸，拚命的擠啊、塞啊，車門口和通道上插不進一隻腳，那味道真不好受。

好啦，快到正題啦。車子駛在中途，已擠得透不過氣來。停在招呼站上，下車的旅客僅有一個，卻上來三個大漢，最後上車的是個胖女人。

妳猜錯了。三個大漢當中沒有紀局華，還是聽我娓娓道來吧。

吹響哨子，車子駛動了；但那個胖女人，堵塞在面前，使我不能轉身，我還要向上車的旅客售票啊。

我對胖女人說：「請妳向裡面走一步，好嗎？」

妳真不知道，她會怎樣發脾氣。

她睜大眼睛瞪我：「我不向裡面走，又怎麼樣！」

我說：「裡面比較空，妳站在那裡也舒服些。」

「老娘就是不聽妳指揮，不愛舒服。」接著她就罵開了。怪我們的車子太擠，不準時到達。又嫌我的服務態度不佳。

全車的乘客都側轉臉看她。她的嗓門高，罵我的話又不講理，誰都表現出憤怒的神情。但她還是不肯住嘴，罵啊罵啊，一直罵到她下車。

車停了，我把車門打開，她還來一記絕招。

妳猜不到，那真是個怪女人。她猛地翻身，抽我一記耳光。

不但是妳感到驚訝，坐車的旅客都憤怒得大叫：「打，打這個不講理的女人！」

還有人喊：「把她衣服剝掉綁起來，看她講不講理！」

性子不要急，我會慢慢告訴妳。妳看：剛才問我們的那個女人，在「旅客留言牌」上寫得好奇怪。

明明南下的班車不通了，她還要寫：「我和孩子們已南下，請速來晤談！」

她又加了幾個字：「吳素琴遺言！」

多矛盾啊！又是晤談，又是「遺言」，死了以後還有什麼好談的。

妳說她是沒有智識的女人，用字不恰當，我也同意。可是，她故意謊言南下——妳看，她在那窗口買票——那又是為了什麼？

我確是少見多怪。車上、站上，就是整個社會的縮影，我承認這句話有道理。那女人是「留言」，還是「遺言」我們管不著；那不是我們的服務範圍。好，現在有人向妳買郵票了，妳把郵票給他，我們再談吧！

要知道那個打我的女人結果，是吧！車上的乘客，儘管大吼大叫，但誰都沒有行動。

當然，我只是拉住她，把門搶著關起，沒讓她下車，絶對沒有還手。不相信我有這樣大的涵養？笑話，事實就是如此嘛！我們不能伸手打旅客；打了別人，道理就講不清了。

車上的人嚷啊嚷的，都沒説出辦法來。還是司機先生沉著、穩重。車子一口氣開到警察派出所門口。

真想不到，那樣兇惡的女人，這時也嚇得臉色發白，直打哆嗦。

當然，誰也不會同情她那個壞蛋；但也沒人肯到警所證明我所受的委屈。大熱天，誰不願意快點下車，早點回家或是到達目的地，要去為一個陌生的車掌證明。作證沒有好處，只有浪費時間，説不定還犯上偽證罪哩！

現在，妳算是猜對了。只有紀局華挺身出來，跟我們到派出所——

喂，妳幫我看看，我的眼睛像是發花了。那身上背小孩，手上牽小孩的女人，在「旅客留言牌」上，畫些什麼？

我也知道，她把那白蜘蛛網似的筆跡擦去一片，到底又加寫了些什麼。

妳也看到是「紀局華」三個字，那就不是我的眼睛或是神經有問題。我以為是自己心裡、腦子裡想紀局華太多，才有那種幻覺。經妳這麼一證實，豈不是那個女人也認識紀局華，要和他晤談？

有道理。那是太太和丈夫鬧彆扭；太太帶著孩子離家出走，說不定去自殺。作夢也沒想到紀局華是結過婚的男人。這多可怕，簡直是太可惡了。昨兒我覺得很愛他，還想嫁給他哩！

妳摸摸我的手看，是不是發抖？我不知道是氣、是怕，還是發冷？

我不明白妳說的好機會，是指的什麼。該同情我這個又年輕、又不懂事的蠢材，把話說明白一點，好讓我舒舒服服活下去。

曉得紀局華有太太、有孩子，還一心一意追求我，蒙蔽我，我真想死。

妳說想死的是吳素琴；她死了，我就可以和紀局華結婚生子？

不，我不幹。我不願把自己幸福，建築在別人痛苦上。我要對紀局華施行報復——報復他對我的欺騙。

妳坐著看我的行動吧。我要打一個電話——啊！真糟糕，那個叫吳素琴的女人，快要帶著孩子上車了，請妳幫幫忙，好吧？

妳可以請她等一等，到下一班車再走。

是的，我們都不認識她，沒有理由請旅客留在車站。除非妳廣播一下，說颱風登陸，北上的車子已全線不通，請所有旅客離開車站。

妳考慮得很對，我們不能這樣做。超過了我們服務範圍，出了差錯，誰都擔當不起。那怎麼辦？眼睜睜看著那個女人，帶了兩個孩子尋死，毫無辦法營救，便愧對自己，愧對為旅客服務的工作崗位！

啊！想起來了。還得請妳幫忙、合作，立刻用擴音機呼叫：「吳素琴，有人找妳，請到服務台來。」

請不要再延誤了。她馬上到達車門，上了車，一切辦法都失效。

何必緊張，是我找她。她來了，我自然有話對她說，不要妳負任何責任。

那女人聽到擴大器的呼喚，站在車門旁遲疑了又遲疑，終於沒有搭乘即將離站的班車，一步步挨向服務台來。

恰好，電話撥通了。電話機擺在紀局華的桌上——單位主管就有這麼方便——他喊了一聲「喂」，我就立刻說：「請你快點來我這裡，我在上班。」

「你聽不出我是誰？我們昨兒在一起，玩了一天一晚，怎麼一下就忘了我！當然有重要的事……我知道你上班……這點風雨又算得了什麼，可以坐計程車來，五分鐘就到了……我在這兒等你；你會有預料不到的收穫……一會兒見！」

放下話筒，手心溼淋淋的，是驚懼還是緊張，沒法管了。吳素琴已站在光滑的水泥砌成的服務台前，用困惑的目光看著我們，像是要急於見到找她的人。

妳也不必擔心，由我來應付。我帶著歉意說：「剛才有位先生來了電話，請妳等一下，他馬上來——」

「他是誰？」

「我不知道。我只是為旅客服務，把他託我轉告的話通知妳。」

那女人又愣了片刻，「不會有人找我；就是有人找，我也不願見他。」

但自動報時器突地鳴叫，站上所有的班車，都關起車門，昂首呼嘯駛去。

背著孩子的女人又問：「下一班車，什麼時候開？」

「十分鐘以後。」

那名叫吳素琴的女人，又牽著孩子，懊喪地站在鐵欄旁等下班車，我們又閒著沒事情好做了。

妳還想知道那個打我的胖女人，在派出所受到什麼處罰？但我不大清楚。

妳真的料事如神。我是因為紀局華證明我的無辜挨打，在警方獲勝。上級認為我容忍性強，服務態度好，才調來站上工作。

無法了解這次報復行為，對我是有利，還是有害。根據妳的旁觀，我是錯了，還是對了？

過獎，過獎。妳看，從紅色計程車跳下，向服務台跑來的就是紀局華。長得很英俊，是吧！可惜，我已非常恨他、討厭他了。再麻煩妳，用「麥克風」叫一聲：「吳素琴，有人找妳，請到服務台來」好嗎？

看：他們兩個都相互看到了，像是非常驚訝的樣子。孩子在喊爸爸了；爸爸向太太、兒子、女兒身旁走去；還掉轉頭來，狠狠瞪我一眼哩！

實在是離我太遠，如果離得近的話，我要猛吐一口唾沫在他臉上，還要狠狠抽他一記耳光。他們一家四口，嘻嘻哈哈，好開心，像是忘記誰把他們扭絞在一起，高高興興鑽進那輛紅色計程車。

妳説我滿面紅光是高興？不，是憤怒。我實在笑不出，卻想大哭一場哩！

風聲更大，雨勢更猛，這次颱風來臨，又不知道遭受多少損失哩！

看！又有旅客來換硬幣打電話。新的颱風資料又送來了；又有旅客來詢問路上的客車通阻情形……

服務台前圍滿了男男女女，都是因為颱風阻止了他們行程；他們的性情很暴躁，我們好好的安慰他們，勸導他們吧！

——原載《青年日報副刊》

小夜曲

高太太手裡編織著毛衣，不斷地用眼角瞥視書桌上的鬧鐘。十二點二十、二十五，現在是十二點半。夜深了，兒子和女兒都沒有回家。他們到底去什麼地方，幹什麼事了呢？那隻禿尾巴的花貓，也蹲在牆角等小主人回來？

轉過頭，看到丈夫斜倚在長沙發上，半瞇著眼睛，裝成凝神欣賞音樂的樣子。但她知道他不是聽音樂。因為這已超過他平常睡眠的時間，而且現在聽的是喧囂鬧嚷的曲子，和他日常欣賞的柔和優美的唱片不同。他為什麼不去睡覺呢？難道也是等志雄和莉莉回家？

「咔嚓」一聲，唱片完了，唱機自動關掉。她想，這是個好機會，他該上牀睡覺了。兒女的事用不著他管，那是愈管愈糟的。

可是，沒有。在迷濛的燈光中，他又慢吞吞地站起身，傴著腰換上另一張唱片。看到他遲緩的動作，忽地覺得他老了。六十歲以上的人，臉皮皺了，頭髮灰白，深更半夜等待著兒女歸來，這是一個怎樣的世界？如他知道志雄最近發生的事，將是怎樣難過，又有怎樣的結果呢？

「不要聽了，」她大聲對丈夫說：「去睡吧，我會等門的。」

他像沒有聽到她的話，仍低頭沉思。一會兒工夫，他睜開眼睛說：「妳先去睡，我有幾天沒有看到那畜生的面了。我要問問他，這幾天幹些什麼鬼名堂——」

「好了，好了。」她截住他的話頭。「你這老子，一點氣量都沒有，提到兒子就發火。深更半夜管教子女，吵得四鄰八舍不安，那像什麼話，你快去休息。」

可是，他沒有動，又裝成欣賞音樂的樣子。她怎麼辦呢？志雄見到他爸爸，一切都完了。他在學校裡吸菸，和同學打架，連續記了二個大過，又不服從老師的指導，已被學校開除了。在這三天當中，她一直想找機會告訴丈夫，可是丈夫知道這消息以後，將是怎樣的處置志雄？罵他？打他？還是將他殺死——丈夫一直說要殺死這個不成器的兒子。如果志雄死了，她又怎樣活得下去呢？

實際上志雄的過錯又有什麼了不起？他還是個孩子。十八歲的人沒有定型，受了環境影響，難免不做壞事，為什麼他爸爸要那樣苛責他？

不得了，現在是十二點四十。志雄還沒有回來。不是出了什麼事吧？他被學校開除以後，一直不開心，成天躲躲閃閃的避著父親，飯也吃不下，有時半夜醒來，還看到他房中有燈光。是寫信還是看書？志雄天資不錯，如果他能好好念書，是很有前途的。他父親、姊姊都不如他。總有一天，他覺悟了，發憤用功，就會出人頭地。他長得又高又大，英俊、瀟灑，配上滿肚子學問，一定會有很多女孩子喜歡他，那時候結婚生子，她

就做了老太太，享受兒孫的福……

不，不。志雄現在還沒有回來，他總不會去尋短見吧？投河？臥軌、從山巔縱下……？

她放下手中毛衣，忽地跳起，衝在丈夫面前，大聲說：「你出去，快去找啊。」

「找誰？找妳那個寶貝兒子？」

「什麼？是我的兒子！不是你的兒子？」她的嗓門更高了。「志雄有個三長兩短，就要你抵命。」

他沒有作聲，又低頭聽音樂了。怎麼辦呢？他像是不關心這個兒子，只關心女兒。可是莉莉直到現在還沒有回來。他耐心的等在這兒是為了那個鬼丫頭吧？

心中一直愁著志雄的事，忽略了莉莉。二十出頭的女孩，快一點鐘了還不回家，不攪出新花樣來才怪，那時候袒護她的老子就沒有話說了。

有沒有話說還是小事，高家的臉可丟盡了。隔壁的張太太最會打聽別人家的醜聞。總是問：你家志雄高中快畢業了，考甲組啊還是乙組？莉莉這麼大了，男朋友不少，什麼時候請我們吃喜酒啊？天才知道什麼時候請吃喜酒，妳們還不曉得？妳不告訴別人，我把這祕密告訴妳；莉莉有個私生子……於是左鄰右舍都知道了，只要她走過，人們總在她背後點點戳戳地說，高家老婆現世報，以後該不會嘴伸八丈長說人家——

「你不要裝蒜了。」她頓著腳說。「你不找寶貝兒子，也該去找你那寶貝女兒

啊！」

「到哪兒去找啊？」他皺著眉頭問她：「莉莉和妳說過，她去哪裡？」

「說過有什麼用？你女兒什麼時候講過實話？」她冷笑道：「她說她到錢梅麗家去了，你相信不相信？」

他倏地跳起身，衝向電話機旁。抓起話筒，開始撥號碼。她走上前去，抓住他的手，說：「你瘋了，打給誰？這時候她還會在錢家？我們不能睡覺了，還要鬧得錢家雞犬不寧？」

她丈夫頹然地放下聽筒，在客廳內轉圈子。他說：「太太，妳要我怎麼找啊？總是妳生的好兒女！」

她沒有理他，也不想理他。因為她不要和他在這時候吵架。她管莉莉一直很嚴，僅是她父親縱容了她。在莉莉很小的時候，她就管她的坐相、吃相。走路、穿衣服、梳頭髮……她都教給她上流人士的樣子。可是，莉莉跟那些太保太妹們混在一起，慢慢學壞了。最初淡妝淺抹，薄施脂粉，對時新的衣服特別感興趣。她想，那是年輕女孩子應有的愛美現象。可是一下子就變了，二十歲還不到，便開始抹胭脂、搽口紅、修眉毛、塗指甲、蓄馬尾，穿緊身窄褲，著大紅大綠的花襯衫。走起路來扭腰擺臀，講話嗲聲嗲氣……她一點兒看不慣，真要剝盡她身上的衣服，把她鎖在房子裡，可是她爸爸看得順眼，要讓她自由發展。

好吧！讓她自由發展。她的行動慢慢神祕起來了，一個人關在房間裡寫信。回家比預定的時間要遲一個小時，二個、三個小時，現在甚至於還不想回家。這責任該由妳負嗎？

如果她爸爸也和妳意見一致，把她嫁給胡方華就好了。胡方華有一幢洋房，還有不少錢在外面做生意、放利息。可是，鬼丫頭說不喜歡他，嫌他個子矮、年紀大。她老子還要順著她的意思，讓她和那個窮小子談戀愛。怎麼樣，我看她是沒有恆心的。沒有三個月工夫，窮小子不上門了。另外有一批不三不四的人和她在一起。他們穿得怪模怪樣，講話粗野，動作幼稚，妳是要把那批流氓趕出門的，但她老子說不要緊。年輕人有他們自己的天下，不要束縛太嚴。好吧，到那時候她墮落了，看她老子的嘴還硬不硬？

這時候——啊！一點了，一個都不回家，他們難道都沒有想到娘老子在擔心他們？

「什麼根生什麼種，你們高家沒有積德，才生出這些不孝順的東西。」她說：「你怪誰？誰該負責？是你管，是你教的啊！」

她丈夫走到她身旁，面對著她冷冷地說：「是我管教的？我該負責？妳想想看：到底是誰的錯？」

講道理有什麼用？不管是誰錯，講明白了對事情並沒有幫助！志雄和莉莉都沒有回來。父母是天生的該替兒女擔憂？他們心目中沒有父母，娘老子為什麼要那麼認真？是的，她老子就說妳是太認真了。莉莉打翻了一隻茶杯，妳罵她；飯燒焦了，妳罵她；襯衫領子洗不乾淨，妳罵她；說一句錯話做一件錯事，妳就說她已經墮落了，不可救藥。妳什麼都管，結果什麼都管不好。什麼都教，教到後來，她不會聽妳一句話。她老子常說妳要負責的，兒女，就一點責任不要負？

「叮……叮鈴……」

門鈴聲響了。她覺得丈夫看了她一眼，像徵詢她是不是願意去開門？不管是兒子還是女兒回來，她都不願立刻見他們。他們都傷盡了她的心，她對他們已完全失望了。

她丈夫蹣跚地去開門，十二萬分不願意的樣子。但有什麼辦法呢？或許他還以為是他喜歡的女兒回來了哩！如果不是丈夫干涉莉莉的管教，可能不會到此地步——現在她真不敢想，莉莉究竟墮落到什麼程度？她真希望莉莉能把自己的困難告訴她，她能替她指導或解決。免得她在外面惹是生非——誰管她在外面胡鬧些什麼？讓她自作自受吧！

不錯，那是莉莉說話的聲音，一點都不錯。志雄還沒有回來。他怕爸爸處罰，以前曾在火車站過夜，今天也會在街頭流浪嗎？天這麼冷，餓著肚皮縮在走廊的一角，那是什麼滋味？為什麼不回來，到了家，一切的事都好商量啊！

「媽，我回來了。」莉莉輕手輕腳跟著父親走進客廳，踅轉身就向自己房內走去。

「莉莉！妳說啊。」媽媽大聲喝道：「妳去了什麼地方？」

莉莉看了父親一眼，搖晃著右手抓的黑皮包，遲疑地說：「我在同學家裡聽音樂——」

「鬼話！妳騙誰？」媽媽的怒火上升。「在誰的家裡聽音樂？家裡有收音機、電唱機，不夠妳聽的？妳要深更半夜在外面，和不三不四的人鬼混在一起，妳以為我不知道——」

「知道又怎麼樣？」莉莉的眉毛也豎了起來。「我又不是孩子了，我已長大得能自己管理自己——不論和什麼人在一起，自己的行為我自己負責——」

「反了，反了。你做父親的也不管她。聽聽她說些什麼話？」母親氣得直捶胸口。她想說女兒幾句，莉莉會向她表示懺悔或是認錯，最起碼也該默默地接受她的責備。誰知莉莉竟頂撞了她，一點不把母親放在眼裡。二十多年的養育功勞，還有什麼代價？

「好了，不要吵了。」她丈夫又坐在沙發上，雙手一攤說：「妳剛勸過我，不要在這時候教訓兒女；妳現在為什麼又臭罵莉莉？」

「什麼？你們父女一鼻孔出氣，存心欺侮我。我看不慣這賤丫頭興風作浪，明天妳就得嫁給胡方華。不准再丟姓高的臉——」

「我不嫁，一輩子都不嫁，誰都不能強迫我！」

「什麼？妳要當老處女？賴在家裡不走，那做不到，馬上妳就得離開這兒。」

「好，走。我馬上就走！」

莉莉閃轉身軀跑進房內去了。她覺得心中一陣快意；但立刻又像失去了什麼似地有種空虛的感覺。唱片已經完了，丈夫沒有站起身來換唱片，只是默默地看她一眼，又低

下頭去思索了。

他為什麼不說話？他在想些什麼？他怪她管女兒太嚴或是不當嗎？他說的話太少了。說話少的人，是不容易被別人了解的。忽然間，她覺得不了解丈夫、莉莉和志雄。她和他們生活這麼多年，關心他們、愛護他們、伺候他們；片刻當中，他們都已遠離她，她將永遠失去他們，那是多麼的空虛、孤獨啊！她沒有錯，為什麼會獲得這樣的報應。

她回轉身，又瞥視那鬧鐘一眼，已一點一刻了。志雄今晚真的不回家，他又在外面流浪一夜？她坐在原來的高背籐椅上，抓起毛衣，可是無法再編織下去。她在這兒等志雄，還是回房睡覺呢？莉莉仍舊是個孩子，不會把媽媽的話當真，媽媽都是為她好，才那樣責罵她，誰知她不懂得好歹……

牆角的小花貓，突地跳進她懷中。她想，大概牠是怕冷了，需要溫暖和愛撫。平時貓都跟著志雄，志雄逗牠、餵牠、陪牠玩耍，志雄沒有回家，牠也覺得寂寞了？這是一隻沒有用的小貓，看見老鼠掉頭逃避，看見魚兒眼睛瞪得很大的傻瓜。可是志雄喜歡牠，志雄也感到寂寞？

莉莉從房中走出來，手裡擰隻旅行小皮箱。「我走了，爸爸，再見！」

「妳這孩子，不要胡鬧。」父親站起攔住她：「媽媽講妳幾句，妳怎麼可以這樣做？聽爸的話，回房睡覺。」

「不要。」莉莉堅決地說。兩腿搖晃，大花的篷裙微微顫動。「媽媽一直看不慣

我，她心中只有弟弟。成天弟弟長、弟弟短的說個不停，我在家裡是多餘的贅瘤。我要走，我要離開家。」

「妳去哪裡？妳怎麼生活？」

「我當歌女、舞女、酒家女，甚至於當妓女——」

「胡說。」父親不讓她說下去。「聽父母的話，才是好孩子——」

父親的話還沒有說完，莉莉已從父親的脅下鑽了出去，連跑帶跳地衝向院中。

母親看著女兒的身影、裙角在眼前消失。她想，走了，莉莉真的走了。這不是母親的錯。她早有離開家的決心，不過是找個藉口出走罷了！她爸爸說，兒女大了，就得有他們自己的天下。翅膀長全的小鳥，就該離開老窩。妳是用不著傷心，用不著難過的。

「叮……鈴鈴……」

門鈴又響了。丈夫又看看她。這用不著說，準是志雄回來了。他們誰也不用去開門，現在莉莉正走向門口。女兒出去，兒子回家，他們沒有損失。損失的是兒女自己

——夜深了，寒流籠罩著大地，一切都是冷酷無情……

「啊——」莉莉大聲尖叫著。「弟弟被人家打傷，擡回家了，爸爸快來……」

母親心尖戰慄，全身一陣哆嗦。她猛地站起身，覺得眼前有一連串白色星球，彎曲地排列在霧濛濛的半空。貓縱在地上，慢慢增長、增長，老虎一般大。屋頂旋轉，地面浮動，燈光、音樂的流動，明滅、閃爍，風聲呼嘯、呻吟聲，汽車衝過雨網……她想抓

住什麼，但撲空了，一陣黑暗，血腥味從心底升起，她暈倒在地上。

睜開眼，她發現自己躺在牀上，丈夫緊握著她的雙手。他說：「不要急，一切都會變好的。志雄受點輕傷，莉莉也沒有出走，放心休息……」

她眼睛又閉了起來，丈夫停頓不語。為什麼不說下去呢？怕打擾她養神的時間，還是只用好話騙騙她。可是，她真不關心莉莉和志雄，為什麼突然會暈倒？她確實是老了，衰弱了，受不住一點刺激。她不能再關心兒女的生活，該讓他們自由發展了；可是，他們真能認清自己的責任和目標奮鬥？他們真的成年，能夠獨立了？

她睜開眼睛，望著丈夫，說：「他們能不能——」她沒有力氣繼續說下去。說下去也不能表達心中想說的意思；還是留在心中，等她精神恢復時再說吧。

丈夫困惑地盯著她，遲疑地說：「他們……能……？」

「姊姊，我真難過。」志雄的話打斷了父親繼續的腔調，她聽出那聲音是在客廳中傳來的。「我做錯事，要老人家傷心，爸爸媽媽會原諒我嗎？」

「不知道，我也是！」莉莉的聲音很輕，輕得像一陣縹緲的煙霧。「我們都是太任性、太胡鬧……」

丈夫的目光仍凝視著她，她覺得那像是未結婚前第一次見面時的脈脈含情。她感到一陣羞慚，又把眼皮緊閉起來。

——原載《自由青年》半月刊

變調的喇叭

大家進入禮堂，像一串魚。人多而亂，嘰喳鬧嚷。和門口「梅胡府喜事」的紅紙牌，靜靜地矗立在人行道旁大不相稱。

宋品滿挾著小喇叭，緊隨「龍翔男子西樂隊」後面，擠入舞台的前右側。十八個人，分成四排，鼓手坐在最後。大家拉木椅，試樂器，調琴弦，鼓聲咚咚，接著便七八調演奏起序曲。宋品滿沒參加這雜亂的演奏，摘下圓盤大簷帽，掏出手帕抹拭額角汗水。現在不是演奏的時候（婚禮還未開始），樂器很多，他用不著為大家助興。來賓們沒有心情欣賞音樂。

他等待著，目光穿過走動的人，望向大門。

來了。藍色的行列：天藍色圓盤大簷帽，雙排釦藍上衣，緊身白長褲，加綴兩行藍長條。是「鳳舞女子西樂隊」進場。她們被安排在舞台的前左側。

賓客絡繹擁進禮堂。嘈雜聲掩蓋了男女樂隊的演奏。是偉大的婚禮場面。女方家長是香燭店和殯儀館老闆，而「龍翔」、「鳳舞」兩個樂隊，也是兩個單位的關係企業。市民們舉行婚禮買香燭，店員會配搭四個或六個女吹鼓手；進入殯儀館的孤哀子，沒有

選擇的要僱用男子西樂隊。老闆訂立的原則，無法更改，但今天是老闆的獨生女結婚，男女樂隊全部進場候教，已打破老闆男女分開的規定。

一支曲子完了，坐在宋品滿右旁的伸縮喇叭手小王，倒轉樂器，傾倒裡面的唾液，並用小肘戳他。「好熱鬧的場面，為什麼不吹？」

掛紅條的男女招待滿場飛，一層層賓客向台前擁集。穿白色制服的茶房，整理杯盤碗碟。他們這一隊人數已夠多，再加女樂手二十四名，確是很熱鬧。他本想不參加這熱鬧陣容，但不准請假，老闆做喜事場面愈大愈好，怎能缺席。

他說：「你們吹吧，我不大舒服。」

「當心老闆怪你。」老闆胡有為胸前掛大紅花，佩「主婚人」紅綢，臉上綻裂笑容，向人們點頭、哈腰、握手。是一個挺和氣的老人，但卻立下許多規定：男樂隊不能參加婚禮，喇叭手不能升領隊、當指揮，男女樂手不能戀愛……等等。

老闆的目光跌落在他們這一堆，似在考核勤惰。宋品滿把喇叭嘴放進口中，做出吹奏的姿勢。人多，樂器多，聲調分辨不出，可以騙過胡有為。他在香燭店當過學徒，又到殯儀館打過雜。老闆認識他，也極端蔑視他。認為他不會有出息，閒暇時，他抓起小喇叭練習，胡有為說他永遠吹不出名堂來。但經過苦練和名師指導，他已是一位出色的喇叭手，不少樂隊聘請他，爭取他，沒有離開「龍翔」，他等待著。

宋品滿的臉龐，轉向台前左側。目光從洋簫、吐林蓬、小提琴當中，搜索到那支小

喇叭。吹小喇叭的女樂手李絹絹正凝視他。四目相對，無數言語和情意交流。

絹絹的頭仰向台上的角燈，喇叭口豎向天空，一連串音符，從矇矓而混亂的氛圍中拔出，直刺入他的心胸。

他猛吸一口氣，驟然吐出。喇叭被撞出一個笨濁的重音，同事們側轉頭，小王再用手肘搗他。耳根被熱血圍堵，靜心聽曲子進行速度，逼著氣跟上節拍，悠揚而迂迴地訴說著、演奏著。

現在整個禮堂的雜聲，彷彿被他的喇叭遮蓋。不，還有絹絹的喇叭聲圍繞在他發出的音符四周。他們常在長堤外練習、談心。

她說，你不該再留戀這地方了。天天伴著屍靈、墳墓，能混出什麼名堂。

妳要我去哪兒？

去你要去的地方，或是想去的地方。

不論絹絹怎麼說，他還是賴在這兒，伴著孤寂的靈魂，為死人裝門楣湊熱鬧。儘管老闆輕視他，同事們不諒解他，只要有一個絹絹明白他，就值得在這兒奮鬥。

所有的樂器停止聲息，婚禮開始。司儀對著麥克風狂吼。一個個掛紅綢的人，踏著台步，跨上舞台，站在寬大的長方桌後面。胡有為挺胸突肚俯視台下鬧嚷的人們，面露得色。鬧得滿城風雨的女兒，終於出嫁了，嫁一個他喜歡的角色；而不是他——一個專為死人吹吹打打的喇叭手。

司儀喊：「男女儐相引新郎新娘——」

樂器齊鳴，人們簇擁於紅氈鋪成的甬道旁，手抓五彩紙屑、線條，準備為新人造成繽紛世界。

新郎精神奕奕，和男儐相平排並肩，踩著勝利的節拍，衝向台前。新娘披白紗，冉冉波動，似公主，似凌雲仙子，絕不像喇叭手夫人。

實際上，他沒有追求新娘的意思。胡曼麗十六歲的時候，不讀書——被許多學校「勒令退學」，無書可讀，便成天遊蕩，和不三不四的男孩子攪在一起，穿奇裝異服，說粗野話，任何人見了都擔心。一下子買了一隻小喇叭，要跟他學吹奏。

他無法拒絕。曼麗是因為閒得太無聊、太寂寞，才出去打彈子，進舞場，和男孩子在黑屋裡鬼混……如果有了愛好，精神得到寄託，該不會像以往一樣胡鬧，使人人在背後搗搗戳戳。此後，曼麗挾著喇叭陪伴他，成日嘟嘟打打。他突地覺得自己多了一個很大的負擔，時間被占據不算，還要受窩囊氣。

胡有為說，你不該和我家曼麗成天在一起。你要好好的工作才對。

你認為我的工作疏忽了？

這個我不必直接告訴你。你該曉得：曼麗只是個孩子。

不想和老闆談到曼麗；主人卻逼緊他不容退避。他說：你該管她，指揮她，命令她不要來找我。她是小主人，我不好趕她、驅逐她。

不要在我面前耍花腔。你用成年人的心智騙她、誘惑她，說要成立什麼男女混合西樂隊？

那樣演奏得會更出色一點。

你認為人家的婚喪喜慶，會請你所說的男不男，女不女的樂隊？

當然，宋品滿鄭重地表示：主顧會更多，龍翔鳳舞的聲響會更高，主人的事業會更發達。

胡有為固執得像石頭，不肯接受意見；對於曼麗的行為放浪，更不願承認是自己管教鬆弛。談話沒有結果。混合樂隊沒有組成，曼麗仍挾著喇叭嗚嗚啦啦，梳雞窩頭，穿窄長褲，走路時一跳三個圈子。和現在裏結婚禮服裊行的步態相較，不知相差有多少距離。她爸爸無論如何想不到她會有今天端莊、雅靜的儀態出現吧！

白紗拖在紅氈上很長，由兩個女童擡著慢慢前進。鼓聲輕而慢，各種樂器雖然分散在兩個角落；但聽起來像配合得很調和。如果把兩隊集合在一起，共同訓練、協調，由他指揮，奏他自己編寫的曲子多好。

是一個褪色的消逝的夢。曼麗曾為實現那個夢而努力過。

她說，我要把你的理想告訴爸爸，求他答應我的要求。

不行，妳不要捲入我奮鬥的漩渦。

這與你無關。如果你改寫送喪、送殯的曲子，你改寫婚禮進行曲，再不奏那古老而沒有靈性的音樂，我就要做龍翔鳳舞隊的隊員，接受你的指揮。爸爸不答應，我們選舉你做指揮、做領隊。

她全說孩子氣的話。以她這樣幼小的年齡，薄弱的力量，去和父親、家庭抗衡？這還不全是她父親和家庭的問題，而是整個社會、整個人類的習慣。聽熟了的哀樂，忽然換了腔調，死去的靈魂，高興不會表示，反對也不會提出抗議，只是默默地忍受；而屍體旁活著的人們，定會咆哮著反對。男男女女不用練習，能踏著婚禮進行曲的節拍走進禮堂，正像曼麗所走的步伐一樣。

曼麗的鞋跟又高又細，走在長長的紅氈上顫巍巍的，像永遠走不到盡頭。她曾仗恃父親對她的嬌寵，為他的理想奮鬥過、爭論過。胡有為不會聽孩子的話，將「龍翔鳳舞」的前途去冒風險。千千萬萬的人，在忘卻的歲月中，都是那麼應付屍體，祝賀喜慶，他為什麼要接受瘋子的意見來改革——在主人的目光中，他只是一個瘋子，或是看得比瘋子更不值得重視。

結果，他仍按照固定方式吹奏小喇叭，而曼麗仍和千千萬萬人一樣，踏著古老的節拍一步步向婚姻挪近。她已忘記五年前練習的樂曲？為什麼不向爸爸提出要求，自己做一個倡導的英雄？他們曾在松林旁、海灘上、圓拱形的石橋頭共同練唱的曲子，是那麼動聽、迷人。曼麗怎能忘記。

「嘟嘟——啦——啦嘟啦——」

宋品滿的喇叭聲，從各種協調的樂器中，尖銳地拔出，像一顆流彈從原野畫過，刺傷所有人的耳鼓。小王連連用肘觸他，鼓槌亂而急，各種樂器也脫離板眼。幸虧女子樂隊仍保持鎮靜，不慌不忙地演奏。

禮堂的賓客倏然沉默，但一會兒便高聲嘰嘰喳喳。新娘只愣了一下，便又隨著女子樂隊的節拍隨波逐浪地前進。台上佩紅綢、掛綵球的人們，都扭轉頸子注視他。尤其是胡有為，眼睛鼓得像兩支五百燭光的燈泡。

他倒吸了一口氣進入肺腑，沒有再吹出口腔。樂隊又恢復平時哭嚎似的腔調。他像投了一枚石子進池塘，激起一陣漣漪，刹那間即歸於平靜。新娘已走到紅氈盡頭，和新郎並肩站立，佇候司儀的嘶喊。所有樂器偃息，他能用一支喇叭擾亂別人正常生活和既有的秩序？

不，他不想擾亂任何人的常規。最初是胡有為不了解他，認為他和曼麗在一起，是要使胡家的聲譽破產，理想毀滅。

你趕快離開她。不然，你知道後果會怎樣。

我沒有和她在一起過，她來練喇叭——

小子，你不要在我面前強辯了。白天練喇叭，你們昨天深夜還在長堤旁練習？

宋品滿想大笑，嘲弄地狂笑。是胡有為自己看見的，還是別人搬弄是非？昨晚在長堤旁的女孩，不是曼麗，是另一個愛他、尊敬他、願意接受他任何意見和指示的女孩；

但他不願告訴胡有為。

胡有為接著便告訴他一些事實。曼麗在幼年時期玩一種玩具，三分鐘厭膩了，就要另換一種。大了，便有很多種愛好，騎馬、游泳、划船、跳舞、打彈子……等等。吹喇叭是她最新的一種玩意，不久便會有新的發現。

宋品滿不能忍受嘮叨，憤怒地喊：她的新發現是結婚！

那是她自己的事。但我可以確定的，你在她心目中地位不高，分量不重，不會長久。

那確是事實，曼麗拋掉喇叭，便拿起照相機。接著又跳芭蕾，演話劇，當電影明星。出國旅行兜了一個大圓圈，今天才踏著紅氈，走在舞台前面。

台上的人讀證書、訓話、致詞，按照傳統習俗，一切都如預料的一樣。

但胡有為無論怎樣也預料不到，他對曼麗毫無野心。更沒有料到他會在禮堂上吹變調的喇叭，要做人們從未做過的建設性行為——如果別人認為是破壞舉動，也只好讓他們去議論吧！

他把喇叭交給左手，摸一摸上衣口袋中的硬紙塊，隔著粗厚的布，仍感到沙沙作響。

宋品滿很安心。再擡頭向女子樂隊看去，正碰著娟娟搜索他的目光。她對他發出領會式的微笑。信心和勇氣在肺腑向外膨脹，向上竄升。

台上的儀式結束，司儀正命令新郎新娘，「向證婚人一鞠躬！」

行禮如儀。

宋品滿迅速起立，手持喇叭，吹著自己編撰的響亮調子，用匀整的步伐，踏向舞台前面。

這時，他眼睛看到，耳朵聽到，娟娟正和他同一步伐，吹奏相同的樂曲，往台前集合。

背後的人聲，有如煎熬濃粥。更有人尖聲大叫：「這是什麼結婚儀式！」

「小喇叭滾回去！」

「司儀攪什麼鬼？」

「快去你的殯儀館！」

「喂！我們到前面去看熱鬧！」

「……」

司儀直著嗓子吼：「請喇叭先生、喇叭小姐回到樂隊席上去。」

可是，宋品滿沒有接受命令，娟娟也不聽指揮，他們已並肩站在新郎新娘的前排。

喇叭已從唇邊摘下，宋品滿對娟娟說：「妳有信心和勇氣？」

「我和你一樣。」娟娟的喇叭揮了揮。「不要　誤時間，快點報告吧！」

宋品滿輕咳了一聲，提高嗓門説：「各位先生，我宋品滿和李娟娟小姐要在此時此

地舉行婚禮，請大家幫忙，主持證婚——」

後面的人喊：「聲音請大一點，我們聽不到。」

「靜一點！」

「噓！不要吵。」

戴眼鏡的證婚人說：「我沒有準備。」

胡有為說：「我反對！男女樂隊的隊員，不能戀愛。」

介紹人（男性）說：「我不認識你們。」

娟娟說：「我們沒有戀愛，只是結婚。」

人群中有嘻笑聲，捏尖嗓子說：「沒有愛情的婚姻。」

女性介紹人說：「你們報告『結婚』經過吧！」

胖子主婚人說：「我不是你們的家長，我不能為你們主婚。」

證婚人說：「如果我隨便做了主，你們的家長反對怎麼辦？」

胡有為說：「我堅決反對。這是梅府胡府的結婚禮堂，我反對他人利用！」

台上的人絞結成一團，各人臉上現出的表情是：憤懣譏嘲、詫異、埋怨、冷酷、互相猜忌……而大廳中的人群唧唧喳喳，咕嚕鬧嚷，像要把禮堂顛覆。

宋品滿回眸注視李娟娟，心中猶豫。現在已遭受到如此大的阻力，是繼續奮鬥，還是撤退回去？台上台下有這麼多人瞪住你，無法逃避；即使逃避得了，胡有為會說你違

背禁令，將用莫須有的罪名懲罰你。你當然不在乎，可是娟娟將無法接受苛待。現在他們已從兩個不同的個體，結合為一片。娟娟信賴他，他應無懼於困逆，和艱險的勢力搏鬥，絕不畏縮。

他低聲問：「妳怕麼？」

「不怕！」娟娟堅毅地說。「你的勇氣呢？計畫呢？」

突然，他覺得一股力量起自心田。迅速掏出袋中寫好的兩張結婚證書，擎在手上高聲說：「台上的先生們，如果誰不願意為我們主持婚禮，請先走下台，我們將請願意的人上台──」

群眾喊：「快點下台，不要　誤我們吃飯的時間！」

「我願意為喇叭手證婚。」

「我願意……」

「……」

「做介紹人！我願意。」

現在輪到台上的人惶惑和猶豫了。他們彷彿既不願放棄這突如其來的權利，像也不甘心為他們主持婚禮。

一秒、二秒……五秒鐘過去。台上的鬧嚷聲繼續增高、擴散。

證婚人簸著腦殼：「我願意為你們證婚。」

女性介紹人說：「我願意介紹！」

接著是男性介紹人提出保證，男方主婚人像也不甘落後，願意為他們簽字。

胡有為的眼珠轆轆地轉動了一會兒，拍著額角。「你們簡直是跟我過不去，跟你們自己的婚姻開玩笑。但我——我還是答應了你們。」

台上台下都有掌聲。

宋品滿斜轉身，面對樂隊（男女隊員已全擁在台的右角）揮著喇叭說：「我要在這兒組織『龍翔鳳舞男女混合西樂隊』，願意參加的，請舉樂器為我們奏婚禮進行曲！」

全部隊員都舉起樂器，做出演奏的姿勢。宋品滿把手中證書送至台前。證人接受後，吩咐司儀：「宋府李府婚禮開始！」

——五十七年三月《幼獅文藝》

特載

蔡文甫小說的美學特徵

——以〈誰是瘋子〉①為考察中心

王玉琴

福柯曾經說過：「現代世界的藝術作品頻頻地從瘋癲中爆發出來……被瘋癲『征服』的作家、畫家和音樂家的人數不斷增多。」②中外文明史上，利用「瘋子」視角來進行文化批判或政治陷害者可謂比比皆是。二十世紀初，魯迅先生的《狂人日記》以「狂人」視角反映一個黑白顛倒的世界，將「正人君子」的猙獰面目與封建社會的「吃人」本質揭露無遺。前蘇聯時期著名的斯大林定律——將政治見解不同者投入精神病醫院，則是利用精神病來達到政治陷害的目的。上世紀七十年代末，蘇聯作家遺傳學家若列斯．亞．麥德維杰夫的〈誰是瘋子〉講述了自己被精神病學家診斷成精神病人的過程。本文所關注的同名小說——〈誰是瘋子〉，是祖籍江蘇鹽城的台灣作家蔡文甫上個世紀六十年代的作品——比蘇聯作家的〈誰是瘋子〉還早。這篇小說也以「瘋子」這一奇特身分入手，以奇崛變幻的故事情節，深入細緻的心理透視將複雜家庭中的人情世故，與個人面對命運的無能無力藝術地再現出來，蔡文甫對「誰是瘋子」的獨特拷問，引起讀者激烈的情感動蕩與深入思考。

蔡文甫，江蘇鹽城人，一九二六年生，一九五〇年隨軍去台，著有長短篇小說集《雨夜的月亮》、《解凍的時候》、《女生宿舍》、《船夫和猴子》等十多部作品，主編《中華日報》副刊多年，創辦九歌出版公司、健行文化公司等文化事業暨九歌文教基金會之後，成為台灣著名的文化人及出版家，其小說家的身分漸漸淡漠。綜觀蔡文甫的文化貢獻，不難發現，他經歷了一個自文學而文化的成長歷程，其精準的編輯眼光，宏大的文化視野均與他成功的小說創作密不可分。與蔡文甫在台灣的文學聲望相比，大陸對蔡文甫的作品引介與文學研究尚處於空白狀態。本文以〈誰是瘋子〉為切入點，聯繫蔡文甫其他小說，探索蔡文甫對存在世界的挖掘，以窺見其獨特的小說美學世界。

一、對極限情境的層層推進

蔡文甫的小說大多以青年男女為小說的主人公，而這些青年男女往往生活在一個破碎殘缺的家庭。當這些青年男女被推進到人生的又一個十字路口，主人公的愛恨情仇往往在瞬間被激發，從而使自己的生活情境發生意想不到的轉折。衝突——這個原本在戲劇中被經典運用的元素，在蔡文甫小說中經常被巧妙的設置與運用。難能可貴的是，蔡文甫的小說從來不用漫長的情節鋪墊來實現這種衝突的效果，往往在文章一開始迅速地將主人公推進到極限情境當中。薩特在談及他的〈死無葬身之地〉時說過，「我感興趣的是極限的情境以及處在這種情境中的人的反應。」此處借用極限情境來概括蔡文甫小說中的危險之境。〈誰是瘋子〉一開始，就將「我」面臨的窘境直截了當地凸顯出來，十七歲的「我」（阿杰）父親剛剛去世，家裡唯一的所謂親人是二十八歲的後母，父親去世一個月，後母就花枝招展地打算改嫁，覬覦「我」家產的朱先生不時上門，對「我」形成了高度的威脅。這篇小說的開頭方式與中國古典小說的寫作路數不太一樣。對於中國古典小說而言，提供比較具體的背景、按照時間順序敘事是一種習見的做法，而蔡文甫的小說往往單刀直入。這種小說開篇技巧非常接近西方小說的某種創作模式，「西方小說習慣於從『中間』下手。」[③]蔡文甫小說多數從中間開始，一方面通過回憶串聯起過去，一方面以現在繼續展開，其長篇小說《雨夜的月亮》發生的實際時間就是從第一天黃昏到第二天清晨——下了一夜雨的時間，但該故事通過主人公回憶所包容的時間卻長達二十多年。

蔡文甫高明的小說技巧與他自身對古典小說和世界名著的化用不無關係，他說：

> 我把家中的《三國演義》、《七俠五義》、《小五義》、《續小五義》、《封神榜》、《金瓶梅》、《東周列國志》等小說全看了。
>
> 在教書這段時間，猛啃中譯世界名著，凡是在台北市重慶南路書店出現的翻譯本，幾乎都讀遍。由於王夢鷗先生講解並討論福祿拜爾的《包法利夫人》，以及由朱西寧主

編《世界文學名著賞析》，指定我分析雷馬克的《凱旋門》，便對這兩本名著下了很多工夫。我的創作或多或少受這二書的影響。但《文學雜誌》、《現代文學》等大力介紹西方的如福克納、卡繆、喬伊斯、吳爾芙……等作家及其作品。我只能讀到片段的譯文、評介及作家生平，無法窺其全貌。

由此可見，在寫作技巧上作家得益於東西方小說的將養，在設置情節時既吸取了西方小說敘事策略，從「中間」視點向前、向後開進，也無形中融合了古典小說在情節設置上峰迴路轉的結構藝術。由於情境的不斷轉換，人物的複雜心理與行為邏輯也在矛盾中被一步步激化。〈誰是瘋子〉中，「我」由於年齡還小，不足以跟後母對抗，只好將沖天怒火轉發到女傭與家裡養的鵝身上，這種旁敲側擊的對抗正好給城府頗深的朱先生提供口實——這孩子瘋了。於是一次不動聲色的飯局很快將「我」直接送往瘋人院。情節至此似乎到了高潮，然而真正的戲劇性衝突正是從瘋人院開始的。「誰是瘋子？」這個懸念從「我」的自省一直延伸到小說的結尾。

懸念以及衝突，是蔡文甫中短篇小說化用得最得心應手的重要元素，但是，懸念與衝突只是手段，並非目的。以層層懸念帶動衝突，引起極限情境的層層遞進，既是蔡文甫情節設置的獨到之處，也是在懸念帶來的極限情境中開展對人性的考量，為了達到這一目的，蔡文甫常常在其小說中利用「曲徑通幽」的策略，像電影、話劇一樣，

將人物之間的矛盾衝突不斷强化。〈誰是瘋子〉中的「我」，以正常人的實質被後母的情人——海關官員朱先生送進瘋人院，這是「我」面臨的第一極限情境——朱先生害「我」，目的不言而喻：娶「我」的後母，借此霸占本該由「我」繼承的萬貫家產。情節至此風起雲湧，然而作者並不滿足，他為了讓讀者了解「我」處境的艱難，再次將「我」面臨的處境加以深化——看上去原本善良的後母也要害「我」，她花錢收買看管「我」的老鄧要老鄧下毒藥毒死「我」，這是「我」在瘋人院面臨的又一險境，我目前唯一的親人——後母也要害「我」。這二層險境沒完，第三層險境又雪上加霜地來到了，瘋人院院長是朱先生的好友，這個以治病救人為使命的院長也被朱先生收買，要求看管「我」的老鄧堅決地將我「結束」。「我」的險境就這樣一層層加碼。如果前兩次，「我」還能由於老鄧的幫助而化險為夷，那麼，院長的命令，老鄧卻無法不執行了。文章以一次次的懸念、衝突將「我」與家人、「我」與外人、「我」與醫院（社會）的矛盾層層激化，本來已經生成的極限情境沒有峰迴路轉，而是再上險峰。

蔡文甫這種高明的敘事策略，除了與他自己對東西方小說的閱讀和學習相關外，也與他五十年代所接受的文學培訓密切相關，他曾經參加過兩次寫作培訓，一是參加「中國文藝協會」舉辦的電影話劇講習班，在電影話劇講習班，「班主任是中影公司總經理袁從美，其中講座都是名編劇、名導演，因而知道什麼叫『蒙太奇』、『淡入』、『淡出』、『模型搭景』……以及編劇、台詞……等有關技巧。」一是參加了「中國文藝協

會」主辦的第二期小說寫作班，蔡文甫對電影、話劇以及小說理論方面的系統學習為他以後從事小說創作打下堅實的基礎，他總結這兩次學習時說過：「我從幼年失學、流浪、從軍、離開家庭，一直沒有安定的日子，現在工作及學習環境，對自己非常有益，正是求知若渴、向上提升的好時機。」這兩次系統的寫作培訓，輔之以蔡文甫旺盛的求知欲與某種內在的對文學的感悟，生成了蔡文甫極有個性的寫作模式，即對情境的層層推進，利用某種衝突的情境開展對世事、人心的探討。蔡文甫的其他小說——〈雨夜的月亮〉、〈愛的泉源〉、〈斜分的方塊〉、〈保密〉、〈舞會〉、〈敞開的門〉、〈生命和死亡〉等，都是在對極限情境的層層設置中，彰顯人物複雜、多變的個性，將人性精微的內心世界予以深入細緻與鞭辟入裡的描繪——跌宕起伏的極限情境，為塑造廣大而又精微的人性圖景奠定了一個堅實的基礎。

二、對複雜人性的深邃探索

對於某些高明的小說家而言，人性的探索與刻畫可能比創造出具有史詩意義的作品更具有吸引力。長期以來，國人所欣賞的文學作品往往要求具有某種史詩意味。我們所熟知的《芙蓉鎮》、《平凡的世界》、《穆斯林的葬禮》、《白鹿原》、《秦腔》等，都是某個時代某個特定地域發生的帶有波瀾壯闊意味的宏偉敘事。從某種意義上講，宏

大敘述的作品更容易引起文學史家的注意，所以歷史上曾經某個時期，錢鍾書、張愛玲、徐訏等沒有進入文學史。綜觀蔡文甫的小說世界，他更注重在時代影像中突出人性的光輝，「人的本性和善惡的標準，仍是亘古長存的。」「時代在變，生活形態在變，但人性的善惡、喜怒、嗔貪等特質仍亘古常新。」在觀念的寬容與更新上，蔡文甫曾經走在大陸作家的前面。

蔡文甫對人性的深層挖掘與上文提及的極限情境不無關係，對情境的設置是小說技巧層面的探索，而對人性的追尋則是蔡文甫小說觀與思想層面的反映，這一點對於研讀蔡文甫的小說至關重要。情節、布局是外在層面，思想才是根源和根基，才是蔡文甫小說的美學特質所在。

在〈誰是瘋子〉中，主人公「我」——「阿杰」是一個思想感情極為豐富的青年——一個還沒有當家的但又極具家族使命感的青年，對一切事物有著異乎尋常的敏銳。他能夠清晰地感受到追求「我」後母的朱先生是一個不折不扣的貪婪者，然沉浸於愛情中的「我」的後母渾然不覺。至此，「我」與後母、朱先生產生了一種內在意義上的對抗——正直、忠誠與邪惡、背叛的對抗。文中對朱先生的刻畫不多，然通過朱先生行為的刻畫，一個虛偽、殘忍的海關官員形象被淋漓盡致地展現了出來。朱先生對後母的追求——或曰朱先生的愛情是多麼的虛偽，蔡文甫借朱先生將當時社會中功利分子的貪婪本性進行了深入的刻畫。文中的朱先生，奸殺了老鄧的妻子，霸占了老鄧的家產，接著

又以娶「我」後母的名義覬覦「我」的家產。朱先生與瘋人院院長沆瀣一氣，坑害了像老鄧與「我」一樣的善良公民而毫無懺悔之心，人性的善良遭遇了人性的醜惡，善良的人們被惡人迫害得家破人亡，老鄧最後將唯一的女兒託付給我後最終將朱先生殺死而後自殺，真正上演了一場瘋子式的舉動。看似極為內斂、沉著、冷靜的老鄧最終以瘋子一樣的行為殺死了朱先生。到底誰是正常人？誰是瘋子？

在〈誰是瘋子〉中，這種對「瘋子」的質疑與拷問一次次通過「我」的自訴與情節發展得到充分的展現：「我」被當成瘋子送進了瘋人院，「我」的後母一次送了毒藥，一次送了致癱瘓的藥給老鄧，要求老鄧害「我」致死或者致癱。瘋人院院長──「看起來，他是那樣慈善的」院長要求老鄧將「我」與炸死的死屍放在一起，誰是真正的瘋子？蔡文甫正是以這樣一種深刻的反諷式的疑問來探索人性的複雜與微妙，瘋子像正常人一樣主宰著社會的咽喉，正常人卻被當成瘋子關進了瘋人院，當善良的人們處在一個「無法替自己說話的地方」怎麼辦？這是蔡文甫為「我」的處境所出的一個難題，當「我」的所謂的親人在覬覦「我」的家產甚至生命的時候，誰──能夠真正拯救「我」？救死扶傷的醫院院長？接替「我」父親位置的海關官員朱先生？「我」的後母？蔡文甫以他精緻的情節設置與深入的人性刻畫拋給我們一個個疑問。文章對老鄧的刻畫是在不知不覺中進行的，與「我」素昧平生的殘疾人老鄧最終一次又一次地拯救了「我」──真正的善良人性存在於我們看似微不足道的小人物身上，他們與我們素不相

識，但卻有著與我們相似的人生體驗與同命相連的痛苦感受，看管「我」的老鄧，不僅一次又一次地化解了「我」的險境，讓「我」一次次地轉危為安，還對「我」寄予深刻的信任——將他最寶貝的小女兒小蘭託付給了「我」。老鄧對「我」的誠摯的信任，與女兒的悲情告別以及殺死朱先生的無奈抗爭，是小人物一種獨到的也不得不如此的生活選擇。孔子曰：「禮失求諸野。」蔡文甫將對善良人性的期望寄託於一個為復仇而死的落魄的小人物身上，表明了蔡文甫對小人物的一種真正的理解、同情與關懷，表明蔡文甫對某種具有永恒意味的人性的關注與渴望。

蔡文甫對人性世界的表現如此豐富而又深刻，一方面與他西方現代小說的學習、體驗以及文學培訓密切相關外，也與他身邊的師友有莫大的關聯。他在函授學校工作期間，「接觸和晤談的都是名教授、名作家如梁實秋、王夢鷗、李辰冬、謝冰瑩等老師，……從他們的言談、討論，對寫作的技巧和實務，有許多新的看法。耳濡目染，難免不影響我的寫作方法，特摘錄印象深刻的名家箴言如左：……不要局限一地，只要寫出普遍的、深刻的人性，就會傳之久遠。」蔡文甫的小說之所以將人性作為探析的重點，和這些聲名卓著的作家影響不無關係。另外，曾有一個時期，他對哲學與心理學也產生了濃厚的興趣：

在考試的空檔期，發覺對社會科學以外的書發生興趣。便讀了哲學概論、心理學、病態心理學以及中國通史、西洋文化史等與考試無關的書籍，那好像是打開智識之窗，要探首進去尋找淵源。也可以說，讀書的範圍愈讀愈廣博。

這就不難理解，蔡文甫怎麼如此深刻而又精確地寫出一個被關進瘋人院的青年異常豐富的心理世界了，作家在心理學與病態心理學的造詣為他切入人的潛意識世界提供了條件。在〈無聲的世界〉、〈新裝〉、〈釋〉、〈逃學日記〉、〈敞開的門〉、〈移愛記〉等作品中，作家對啞女、大齡女青年、逃學兒童、已婚婦女、青年女學生等各種性格的人物心理都進行了準確而又精微的刻畫，令人對這種心理探析的細膩、生動、傳神嘆為觀止，外界評價蔡文甫的心理描寫「心細如髮」④可謂恰如其分。

但是，即便蔡文甫小說中運用了大量的心理描寫，使用了不少意識流手法，一般評論者卻並沒有將蔡文甫劃歸到台灣現代派作家當中，古繼堂《台灣小說發展史》中即是如此，究其原因，當為蔡文甫更多的是在創作技巧層面化用了現代派手法，現代派文學的荒誕、焦慮、恐懼等思想主題並沒有深入到蔡文甫的創作理念當中。

三、以古典的道德情懷為旨歸

在〈誰是瘋子〉中，「我」被老鄧從瘋人院放走後，終於找到了日月潭的姑母家，姑母和姑父以濃濃的親情接納了「我」和老鄧的女兒，不僅如此，姑父還遠赴我住的瘋人院，準備去報答老鄧，並真誠地邀請老鄧來到我的姑父家。作者對姑父、姑母的塑造雖只有寥寥數頁，但其對我的濃濃親情卻躍然紙上，「我」儘管在瘋人院非人非鬼，到了姑母家則徹底地安心。老鄧託孤於「我」，悲情抗爭表明了其殺身成仁、鏟除奸惡的道義情懷。由〈誰是瘋子〉的最終結局可以看出，儘管我在整個瘋人院的生活時時處於凶險當中，但因為有老鄧的存在，我一次次柳暗花明。老鄧——寄寓了「我」的全部希望，作品對老鄧的刻畫和塑造採取了某種「欲揚先抑」的手法，一開始，老鄧冷漠而且好像貪財，隨著情節的峰迴路轉，老鄧的善良、執著、冷峻以及最終復仇除惡的激烈舉動，都表明老鄧是一個心地善良而又嫉惡如仇、敢作敢為的人。作者對家族親情的描述，對老鄧殺身成仁最終結局的設定，表明蔡文甫內心深處對古典道德情懷的深深依戀。這正如楚茹所說：「文甫運用了『單一觀點』（或稱『控制觀點』）的手法，配合著『意識流』的技巧，壓縮時空，把人生從『陷網』中追尋解脫的過程，表現了道德上的意義，即使免不了傳統主義的道德色彩。」⑤

筆者閱讀過蔡文甫的數十篇長中短篇小說，對小說中人物最後的情感皈依和思想皈依做了統計，發現蔡文甫對家族親情、傳統道德的表現深切而動人。不管人物經歷了多少艱難困苦，如果有真情、正義的慰藉，則再大的痛、再多的難都可以化為烏有。結合蔡文甫一些中短篇小說，如小說集《飄走的瓣式球》中的〈兩兄弟〉、〈兩姐妹〉、〈飄走的瓣式球〉、〈豬狗同

盟〉等作品，會發現蔡文甫對兄弟之情、姐妹之情、祖孫父子之情、甚至動物之間的友愛之情都給以迴腸蕩氣的描述，蔡文甫對人與人之間尤其是親情、愛情、友情的表述明顯帶有儒家強調「仁義禮智信」的古典情懷。在一些描述愛情的小說中，如〈愛的迴旋〉、〈化裝舞會〉、〈成長的代價〉、〈芒果樹下〉等，均對嫌貧愛富、重利忘義的庸俗愛情觀加以諷刺和鞭撻。蔡文甫對善良人性的謳歌與讚美，對古典道義的不離不棄，均廣泛而又深刻地反映在他眾多的文學作品中。正如另外一位鹽城籍作家曹文軒所說，「文學從一開始，就是以道義為宗的。」「不講道義的文學是不道德的。」⑥蔡文甫對道義、真情、良心的文學闡釋具有深刻的淨化心靈的美學意義。

為什麼蔡文甫的小說有這樣一種古典的道德情懷？從「知人論世」的角度也許可以找到答案。筆者以為，蔡文甫確實如他自己所說，是一個「天生的凡夫俗子」，但「凡夫俗子」的境界並非唾手可得，而是深得中國傳統文化的濡染之後，是「下學而上達」的結果。為什麼這樣說？蔡文甫作為一個中國人，常常在力避鋒芒中求得「至善」的境界，他在總結作為主編的經驗時說：

推己及人，我希望能藉此多鼓勵像當年我這樣的文壇新兵，直到今天，我不敢說自己提拔了多少新人，但我確是刊用了不少青年作家的作品，他們才漸漸嶄露頭角。這不是誇大自己的功勞，而是在某種崗位上，能夠以認眞、敬業的態度治事，即自會產生影

響力，尤其是文化工作者更是責無旁貸。

由此自述可以看出，蔡文甫是一個極為謙遜和慎獨的人，結合蔡文甫童年時代所受的私塾教育來看，蔡文甫身上受儒家文化薰陶的印跡較為明顯。在早年的私塾教育中，蔡文甫除了學習童蒙讀物《千字文》、《百家姓》、《唐詩三百首》之外，《大學》、《孟子》、《詩經》、《左傳》、《古文觀止》等均學習過，早年教育對其一生的影響很大。另外，蔡文甫童年時代看過大量的古典小說，「青少年時期繼續看《儒林外史》、《聊齋誌異》、《閱微草堂筆記》，而魯迅、巴金、茅盾等人的作品如《狂人日記》，『也讓我印象深刻』。」⑦筆者以為，儘管蔡文甫成年之後研習過不少世界名著，但其吸取的主要是外國名著的寫作技巧，其思想精髓仍不脫其早年私塾教育與中國古典小說與現代小說的深刻印跡。正因為如此，蔡文甫做人也好，作文也好，其思想深處既融合了現代意識，也不脫古典情懷。孔子曰：「樂而不淫，哀而不傷。」沉德潛《說詩晬語》曰：「溫柔敦厚，斯為極則。」蔡文甫的小說風格也在某種意義上呈現出溫柔敦厚的美學趣味。無論是閱讀蔡文甫的小說，還是閱讀他的自傳，甚至感悟他的傳奇式的人生經歷，筆者都能深刻地體味到他的「人學觀」與「小說觀」的完美契合。作為一個自幼接受過私塾教育、青少年時期生長在以家長制為根基的家庭中的蔡文甫，具有某種深入骨髓的古典情懷，這種古典情懷主要表現在他强烈的家園情結，隨和中正的處事作

風，圓融無礙的上進心上。蔡文甫這種帶有理想主義色彩的古典情懷深刻地反映在他小說的思想觀念上。

四、結論

綜上所述，蔡文甫的小說美學融合了中國古典小說、現代文藝與西方小說的多種元素，是帶有多元文化內涵的獨特的小說觀。在小說技巧上，蔡文甫融入了戲劇、電影重矛盾衝突與古典小說重情節設置的結構藝術；受西方現代小說、台灣當代作家以及自身對哲學、心理學的興趣影響，蔡文甫重視心理描寫與複雜人性的深入挖掘，這使得蔡文甫小說帶有明顯的現代主義文學特點。然而，結合蔡文甫對人物命運的最終設置與人物心靈的深入探索來看，會發現蔡文甫小說當中的人物具有深刻的古典精神與古典情懷，他們重視忠孝節義，重視家族觀念與真摯的愛情、親情與友情。蔡文甫對善良人性的真誠呼喚，對背信棄義與見利忘義的諷刺和鞭撻，使得他的小說現代主義意味減弱，現代主義小說中的人性乖張、荒誕與悲哀，在蔡文甫小說中並沒有成為主流，故筆者以為，蔡文甫借了現代小說的結構與技巧元素，編織的依然是帶有中國傳統與古典情懷的文學空間，其思想內蘊以古典的道德情懷為最後的皈依。

．本文作者王玉琴女士，江蘇鹽城人，鹽城師範學院文學院副教授、鹽城師範學院蔡文甫研究所成員、南京大學文學博士，主要從事文藝理論研究。

---

①〈誰是瘋子〉收錄於蔡文甫作品集《飄走的瓣式球》中。

②米歇爾．福柯，《瘋癲與文明》，北京：三聯書店，二〇〇三年，頁二六七。

③曹文軒，《小説門》，北京：作家出版社，二〇〇二年，頁一四九。

④王少雄，〈評介《移愛記》〉，《移愛記》，台北：九歌出版社，一九八四年，頁二七八。

⑤楚茹，〈人生一舞台——談蔡文甫的小説〉，《台灣新生報》，一九八二年七月八日。

⑥曹文軒，〈文學：為人類構築良好的人性基礎（代序）〉，《曹文軒經典作品》，北京：當代世界出版社，二〇〇六年，頁一。

⑦丁文玲，〈無盡文學路——蔡文甫以小説顧盼人生〉，《雨夜的月亮》，台北：九歌出版社，二〇〇九年，頁三五七。

蔡文甫作品集 11

變調的喇叭

作者　蔡文甫
發行人　蔡文甫
出版發行　九歌出版社有限公司
臺北市105八德路3段12巷57弄40號
電話／02-25776564・傳真／02-25789205
郵政劃撥／0112295-1
九歌文學網　www.chiuko.com.tw
印刷　晨捷印製股份有限公司
法律顧問　龍躍天律師・蕭雄淋律師・董安丹律師
初版　1991（民國80）年10月
增訂新版　2013（民國102）年1月
（本書曾於民國66年由源成文物供應中心印行）
定價　260元

書號　0110911
ISBN　978-957-444-864-7
（缺頁、破損或裝訂錯誤，請寄回本公司更換）

國家圖書館出版品預行編目資料

變調的喇叭 / 蔡文甫著. – 增訂新版. --
臺北市：九歌, 民102.01

面； 公分. -- (蔡文甫作品集 11)

ISBN 978-957-444-864-7(精裝)

857.63 101024639